RAY BRADBURY

Fahrenheit 451

DeBOLSILLO

Título original: *Fahrenheit 451*

Primera edición en Plaza y Janés, 1993
Primera edición en Debolsillo, 2004
Cuarta reimpresión, 2005

© 1993, Ray Bradbury
© 1993, Plaza y Janés Editores, S.A.
   Travessera de Gràcia 47-49, 08021, Barcelona
   Traducción de Alfredo Crespo

D. R. 2005, Random House Mondadori, S. A. de C. V.
   Av. Homero No. 544, Col. Chapultepec Morales,
   Del. Miguel Hidalgo, C. P. 11570, México, D. F.

www.randomhousemondadori.com.mx

ISBN 970-05-1755-1

Impreso en México/ *Printed in Mexico*

Este libro, con gratitud,
es para
DON CONGDON

FAHRENHEIT 451:
la temperatura a la que
el papel de los libros se
inflama y arde.

Si os dan papel pautado,
escribid por el otro lado.

JUAN RAMÓN JIMÉNEZ

Primera parte

ERA ESTUPENDO QUEMAR

Constituía un placer especial ver las cosas consumidas, ver los objetos ennegrecidos y cambiados. Con la punta de bronce del soplete en sus puños, con aquella gigantesca serpiente escupiendo su petróleo venenoso sobre el mundo, la sangre le latía en la cabeza y sus manos eran las de un fantástico director tocando todas las sinfonías del fuego y de las llamas para destruir los guiñapos y ruinas de la Historia. Con su casco simbólico en que aparecía grabado el número 451 bien plantado sobre su impasible cabeza y sus ojos convertidos en una llama anaranjada ante el pensamiento de lo que iba a ocurrir, encendió el deflagrador y la casa quedó rodeada por un fuego devorador que inflamó el cielo del atardecer con colores rojos, amarillos y negros. El hombre avanzó entre un enjambre de luciérnagas. Quería, por encima de todo, como en el antiguo juego, empujar a un malvavisco hacia la hoguera, en tanto que los libros, semejantes a palomas aleteantes, morían en el porche y el jardín de la casa; en tanto que los libros se elevaban convertidos en torbellinos incandescentes y eran aventados por un aire que el incendio ennegrecía.

Montag mostró la fiera sonrisa que hubiera mostrado cualquier hombre burlado y rechazado por las llamas.

Sabía que, cuando regresase al cuartel de bomberos, se miraría pestañeando en el espejo: su rostro sería el de un negro de opereta, tiznado con corcho ahumado. Luego, al irse a dormir, sentiría la fiera sonrisa retenida aún en la oscuridad por sus músculos faciales. Esa sonrisa nunca desaparecía, nunca había desaparecido hasta donde él podía recordar.

Colgó su casco négro y lo limpió, dejó con cuidado su chaqueta a prueba de llamas, se duchó generosamente y, luego, silbando, con las manos en los bolsillos, atravesó la planta superior del cuartel de bomberos y se deslizó por el agujero. En el último momento, cuando el desastre parecía seguro, sacó las manos de los bolsillos y cortó su caída aferrándose a la barra dorada. Se deslizó hasta detenerse, con los tacones a un par de centímetros del piso de cemento de la planta baja.

Salió del cuartel de bomberos y echó a andar por la calle en dirección al «Metro» donde el silencioso tren, propulsado por aire, se deslizaba por su conducto lubrificado bajo tierra y lo soltaba con un gran ¡puf! de aire caliente en la escalera mecánica que lo subía hasta el suburbio.

Silbando, Montag dejó que la escalera le llevara hasta el exterior, en el tranquilo aire de la medianoche. Anduvo hacia la esquina, sin pensar en nada en particular. Antes de alcanzarla, sin embargo, aminoró el paso como si de la nada hubiese surgido un viento, como si alguien hubiese pronunciado su nombre.

En las últimas noches, había tenido sensaciones inciertas respecto a la acera que quedaba al otro lado de aquella esquina, moviéndose a la luz de las estrellas hacia su casa. Le había parecido que, un momento antes de doblarla, allí había habido alguien. El aire parecía lleno de un sosiego especial, como si alguien hubiese aguardado allí silenciosamente, y sólo un momento antes de llegar a él se había limitado a confundirse en una sombra para dejarle pasar. Quizá su olfato detectase un débil perfume, tal vez la piel del dorso de sus manos y de su rostro sintiese la elevación de temperatura en aquel punto concreto donde la presencia de una persona podía haber elevado por un instante, en diez grados, la temperatura de la atmósfera inmediata. No había modo de entenderlo. Cada vez que doblaba la esquina, sólo veía la cera blanca, pulida, con tal vez, una noche, alguien desapareciendo rápidamente al otro lado de un jardín antes de que él pudiera enfocarlo con la mirada o hablar.

Pero esa noche, Montag aminoró el paso casi hasta detenerse. Su subconsciente adelantándosele a doblar la esquina, había oído un debilísimo susurro. ¿De respiración? ¿O era la atmósfera comprimida únicamente por alguien que estuviese allí muy quieto, esperando?

Montag dobló la esquina.

Las hojas otoñales se arrastraban sobre el pavimento iluminado por el claro de luna. Y hacían que la muchacha que se movía allí pareciese estar andando sin desplazarse, dejando que el impulso del viento y de las hojas la empujara hacia delante. Su cabeza estaba medio inclinada para observar cómo sus zapatos removían las hojas arremolinadas. Su rostro era delgado y blanco como la leche y reflejando una especie de suave ansiedad que resbalaba por encima de todo con insaciable curiosidad. Era una mirada, casi, de pálida sorpresa; los ojos oscuros estaban tan fijos en el mundo que ningún movimiento se les escapaba. El vestido de la joven era blanco, y susurraba. A Montag casi le pareció oír el movimiento de las manos de ella al andar y, luego, el sonido infinitamente pequeño, el blanco rumor de su rostro volviéndose cuando descubrió que estaba a pocos pasos de un hombre inmóvil en mitad de la acera, esperando.

Los árboles, sobre sus cabezas, susurraban al soltar su lluvia seca. La muchacha se detuvo y dio la impresión de que iba a retroceder, sorprendida; pero, en lugar de ello, se quedó mirando a Montag con ojos tan oscuros, brillantes y vivos, que él sintió que había dicho algo verdaderamente maravilloso. Pero sabía que su boca sólo se había movido para decir adiós, y cuando ella pareció quedar hipnotizada por la salamandra bordada en la manga de él y el disco de fénix en su pecho, volvió a hablar.

—Claro está —dijo—, usted es la nueva vecina, ¿verdad?

—Y usted debe de ser —ella apartó la mirada de los símbolos profesionales— el bombero.

La voz de la muchacha fue apagándose.

—¡De qué modo tan extraño lo dice!

—Lo... Lo hubiese adivinado con los ojos cerrados —prosiguió ella, lentamente.

—¿Por qué? ¿Por el olor a petróleo? Mi esposa siempre se queja —replicó él, riendo—. Nunca se consigue eliminarlo por completo.

—No, en efecto —repitió ella atemorizada.

Montag sintió que ella andaba en círculo a su alrededor, le examinaba de extremo a extremo, sacudiéndolo silenciosamente y vaciándole los bolsillos, aunque, en realidad, no se moviera en absoluto.

—El petróleo —dijo Montag, porque el silencio se prolongaba— es como un perfume para mí.

—¿De veras le parece eso?

—Desde luego. ¿Por qué no?

Ella tardó en pensar.

—No lo sé. —Volvió el rostro hacia la acera que conducía hacia sus hogares—. ¿Le importa que regrese con usted? Me llamo Clarisse McClellan.

—Clarisse. Guy Montag. Vamos. ¿Por qué anda tan sola a esas horas de la noche por ahí? ¿Cuántos años tiene?

Anduvieron en la noche llena de viento, por la plateada acera. Se percibía un debilísimo aroma a albaricoques y frambuesas; Montag miró a su alrededor y se dio cuenta de que era imposible que pudiera percibirse aquel olor en aquella época tan avanzada del año.

Sólo había la muchacha andando a su lado, con su rostro que brillaba como la nieve al claro de luna, y Montag comprendió que estaba meditando las preguntas que él le había formulado, buscando las mejores respuestas.

—Bueno —dijo ella por fin—, tengo diecisiete años y estoy loca. Mi tío dice que ambas cosas van siempre juntas. Cuando la gente te pregunta la edad, dice, contesta siempre: diecisiete años y loca. ¿Verdad que es muy agradable pasear a esta hora de la noche? Me gusta ver y oler las cosas y, a veces, permanecer levantada toda la noche andando, y ver la salida del sol.

Volvieron a avanzar en silencio y, finalmente, ella dijo, con tono pensativo:

—¿Sabe? No me causa usted ningún temor.

Él se sorprendió.

—¿Por qué habría de causárselo?

—Le ocurre a mucha gente. Temer a los bomberos, quiero decir. Pero, al fin y al cabo, usted no es más que un hombre...

Montag se vio en los ojos de ella, suspendido en dos brillantes gotas de agua, oscuro y diminuto, pero con mucho detalle; las líneas alrededor de su boca, todo en su sitio, como si los ojos de la muchacha fuesen dos milagrosos pedacitos de ámbar violeta que pudiesen capturarle y conservarle intacto. El rostro de la joven, vuelto ahora hacia él, era un frágil cristal de leche con una luz suave y constante en su interior. No era la luz histérica de la electricidad, sino... ¿Qué? Sino la agradable, extraña y parpadeante luz de una vela. Una vez, cuando él era niño, en un corte de energía, su madre había encontrado y encendido una última vela, y se había producido una breve hora de redescubrimiento, de una iluminación tal que el espacio perdió sus vastas dimensiones y se cerró confortablemente alrededor de ellos, madre e hijo, solitarios, transformados, esperando que la energía no volviese quizá demasiado pronto...

En aquel momento, Clarisse McClellan dijo:

—¿No le importa que le haga preguntas? ¿Cuánto tiempo lleva trabajando de bombero?

—Desde que tenía veinte años, ahora hace ya diez años.

—¿Lee alguna vez alguno de los libros que quema?

Él se echó a reír.

—¡Está prohibido por la ley!

—¡Oh! Claro...

—Es un buen trabajo. El lunes quema a Millay, el miércoles a Whitman, el viernes a Faulkner, conviértelos en ceniza y, luego, quema las cenizas. Éste es nuestro lema oficial.

Siguieron caminando y la muchacha preguntó:

—¿Es verdad que, hace mucho tiempo, los bomberos apagaban incendios, en vez de provocarlos?

—No. Las casas han sido siempre a prueba de incendios. Puedes creerme. Te lo digo yo.

—¡Es extraño! Una vez, oí decir que hace muchísimo tiempo las casas se quemaban por accidente y hacían falta bomberos para apagar las llamas.

Montag se echó a reír.

Ella le lanzó una rápida mirada.

—¿Por qué se ríe?

—No lo sé. —Volvió a reírse y se detuvo—. ¿Por qué?

—Ríe sin que yo haya dicho nada gracioso, y contesta inmediatamente. Nunca se detiene a pensar en lo que le pregunto.

Montag se detuvo.

—Eres muy extraña —dijo, mirándola—. ¿Ignoras qué es el respeto?

—No me proponía ser grosera. Lo que me ocurre es que me gusta demasiado observar a la gente.

—Bueno, ¿y esto no significa algo para ti?

Y Montag se tocó el número 451 bordado en su manga.

—Sí —susurró ella. Aceleró el paso—. ¿Ha visto alguna vez los coches retropropulsados que corren por esta calle?

—¡Estás cambiando de tema!

—A veces, pienso que sus conductores no saben cómo es la hierba, ni las flores, porque nunca las ven con detenimiento —dijo ella—. Si le mostrase a uno de esos chóferes una borrosa mancha verde, diría: ¡Oh, sí, es hierba!

¿Una mancha borrosa de color rosado? ¡Es una rosaleda! Las manchas blancas son casas. Las manchas pardas son vacas. Una vez, mi tío condujo lentamente por una carretera. Condujo a sesenta y cinco kilómetros por hora y lo encarcelaron por dos días. ¿No es curioso, y triste también?

—Piensas demasiado —dijo Montag, incómodo.

—Casi nunca veo la televisión mural, ni voy a las carreras o a los parques de atracciones. Así, pues, dispongo de muchísimo tiempo para dedicarlo a mis absurdos pensamientos. ¿Ha visto los carteles de sesenta metros que hay fuera de la ciudad? ¿Sabía que hubo una época en que los carteles sólo tenían seis metros de largo? Pero los automóviles empezaron a correr tanto que tuvieron que alargar la publicidad, para que durase un poco más.

—¡Lo ignoraba!

—Apuesto a que sé algo más que usted desconoce. Por las mañanas, la hierba está cubierta de rocío.

De pronto, Montag no pudo recordar si sabía aquello o no, lo que le irritó bastante.

—Y si se fija —prosiguió ella, señalando con la barbilla hacia el cielo—, hay un hombre en la luna.

Hacía mucho tiempo que él no miraba el satélite.

Recorrieron en silencio el resto del camino. El de ella, pensativo, el de él, irritado e incómodo, acusando el impacto de las miradas inquisitivas de la muchacha. Cuando llegaron a la casa de ella, todas sus luces estaban encendidas.

—¿Qué sucede?

Montag raras veces había visto tantas luces en una casa.

—¡Oh! ¡Son mis padres y mi tío que están sentados, charlando! Es como ir a pie, aunque más extraño aún. A mi tío, le detuvieron una vez por ir a pie. ¿Se lo había contado ya? ¡Oh! Somos una familia muy extraña.

—Pero, ¿de qué charláis?

Al oír esta pregunta, la muchacha se echó a reír.

—¡Buenas noches!

Empezó a andar por el pasillo que conducía hacia su casa. Después, pareció recordar algo y regresó para mirar a Montag con expresión intrigada y curiosa.

—¿Es usted feliz? —preguntó.

—¿Que si soy qué? —replicó él.

Pero ella se había marchado, corriendo bajo el claro de luna. La puerta de la casa se cerró con suavidad.

—¡Feliz! ¡Menuda tontería!

Montag dejó de reír.

Metió la mano en el agujero en forma de guante de su puerta principal y le dejó percibir su tacto. La puerta se deslizó hasta quedar abierta.

«Claro que soy feliz. ¿Qué cree esa muchacha? ¿Que no lo soy?», preguntó a las silenciosas habitaciones. Se inmovilizó con la mirada levantada hacia la reja del ventilador del vestíbulo, y, de pronto, recordó que algo estaba oculto tras aquella reja, algo que parecía estar espiándole en aquel momento. Montag se apresuró a desviar su mirada.

¡Qué extraño encuentro en una extraña noche! No recordaba nada igual, excepto una tarde, un año atrás, en que se encontró con un viejo en el parque y ambos hablaron...

Montag meneó la cabeza. Miró una pared desnuda. El rostro de la muchacha estaba allí, verdaderamente hermoso por lo que podía recordar o, mejor dicho, sorprendente. Tenía un rostro muy delgado, como la esfera de un pequeño reloj entrevisto en una habitación oscura a medianoche cuando uno se despierta para ver la hora y descubre el reloj que le dice la hora, el minuto y el segundo, con un silencio blanco y un resplandor, lleno de seguridad y sabiendo lo que debe decir de la noche que discurre velozmente hacia ulteriores tinieblas, pero que también se mueve hacia un nuevo sol.

—¿Qué? —preguntó Montag a su otra mitad aquel

imbécil subconsciente que a veces andaba balbuceando, completamente desligado de su voluntad, su costumbre y su conciencia.

Volvió a mirar la pared. El rostro de ella también se parecía mucho a un espejo. Imposible. ¿Cuánta gente había que refractase hacia uno su propia luz? Por lo general, la gente era —Montag buscó un símil, lo encontró en su trabajo— como antorchas, que ardían hasta consumirse. ¡Cuán pocas veces los rostros de las otras personas captaban algo tuyo y te devolvían tu propia expresión, tus pensamientos más íntimos! ¡Aquella muchacha tenía un increíble poder de identificación; era como el ávido espectador de una función de marionetas, previendo cada parpadeo, cada movimiento de una mano, cada estremecimiento de un dedo, un momento antes de que sucediese. ¿Cuánto rato habían caminado juntos? ¿Tres minutos? ¿Cinco? Sin embargo, ahora le parecía un rato interminable. ¡Qué inmensa figura tenía ella en el escenario que se extendía ante sus ojos! ¡Qué sombra producía en la pared con su esbelto cuerpo! Montag se dio cuenta de que, si le picasen los ojos, ella pestañearía. Y de que si los músculos de sus mandíbulas se tensaran imperceptiblemente, ella bostezaría mucho antes de que lo hiciera él.

«Pero —pensó Montag—, ahora que caigo en ello, la chica parecía estar esperándome allí, en la calle, a tan avanzada hora de la noche...»

Montag abrió la puerta del dormitorio.

Era como entrar en la fría sala de un mausoleo después de haberse puesto la luna. Oscuridad completa, ni un atisbo del plateado mundo exterior; las ventanas herméticamente cerradas convertían la habitación en un mundo de ultratumba en el que no podía penetrar ningún ruido de la gran ciudad. La habitación no estaba vacía.

Montag escuchó.

El delicado zumbido en el aire, semejante al de un mosquito, el murmullo eléctrico de una avispa oculta en su cálido nido. La música era casi lo bastante fuerte para que él pudiese seguir la tonada.

Montag sintió que su sonrisa desaparecía, se fundía, era absorbida por su cuerpo como una corteza de sebo, como el material de una vela fantástica que hubiese ardido demasiado tiempo para acabar derrumbándose y apagándose. Oscuridad. No se sentía feliz. No era feliz. Pronunció las palabras para sí mismo. Reconocía que éste era el verdadero estado de sus asuntos. Llevaba su felicidad como una máscara, y la muchacha se había marchado con su careta y no había medio de ir hasta su puerta y pedir que se la devolviera.

Sin encender la luz, Montag imaginó qué aspecto tendría la habitación. Su esposa tendida en la cama, descubierta y fría, como un cuerpo expuesto en el borde de la tumba, su mirada fija en el techo mediante invisibles hilos de acero, inamovibles. Y en sus orejas las diminutas conchas, las radios como dedales fuertemente apretadas, y un océano electrónico de sonido, de música y palabras, afluyendo sin cesar a las playas de su cerebro despierto. Desde luego la habitación estaba vacía. Cada noche, las olas llegaban y se la llevaban con su gran marea de sonido, flotando, ojiabierta hacia la mañana. En los últimos dos años no había habido noche en que Mildred no hubiese navegado por aquel mar, no se hubiese adentrado espontáneamente por tercera vez.

La habitación era fresca; sin embargo, Montag sintió que no podía respirar. No quería correr las cortinas y abrir los ventanales, porque no deseaba que la luna penetrara en el cuarto.

Por lo tanto, con la sensación de un hombre que ha de morir en menos de una hora, por falta de aire que respirar, se dirigió a tientas hacia su cama abierta, separada y, en consecuencia, fría.

Un momento antes de que su pie tropezara con el objeto que había en el suelo, advirtió lo que iba a ocurrir. Se asemejaba a la sensación que había experimentado antes de doblar la esquina y atropellar casi a la muchacha. Su pie, al enviar vibraciones hacia adelante, había recibido los ecos de la pequeña barrera que se cruzaba en su camino antes de que llegara a alcanzarlo. El objeto produjo un tintineo sordo y se deslizó en la oscuridad.

Montag permaneció muy erguido, atento a cualquier sonido de la persona que ocupaba la oscura cama en la oscuridad totalmente impenetrable. La respiración que surgía por la nariz era tan débil que sólo afectaba a las formas más superficiales de vida, una diminuta hoja, una pluma negra, una fibra de cabello.

Montag seguía sin desear una luz exterior. Sacó su encendedor, oyó que la salamandra rascaba en el disco de plata, produjo un chasquido...

Dos pequeñas lunas le miraron a la luz de la llamita; dos lunas pálidas, hundidas en un arroyo de agua clara, sobre las que pasaba la vida del mundo, sin alcanzarlas.

—¡Mildred!

El rostro de ella era como una isla cubierta de nieve, sobre la que podía caer la lluvia sin causar ningún efecto; sobre la que podían pasar las movibles sombras de las nubes, sin causarle ningún efecto. Sólo había el canto de las diminutas radios en sus orejas herméticamente taponadas, y su mirada vidriosa, y su respiración suave, débil, y su indiferencia hacia los movimientos de Montag.

El objeto que él había enviado a rodar con el pie resplandeció bajo el borde de su propia cama. La botellita de cristal previamente llena con treinta píldoras para dormir y que, ahora, aparecía destapada y vacía a la luz de su encendedor.

Mientras permanecía inmóvil, el cielo que se extendía sobre la casa empezó a aullar. Se produjo un sonido desgarrador, como si dos manos gigantes hubiesen desgarrado por la costura veinte mil kilómetros de tela negra. Montag se sintió partido en dos. Le pareció que su pecho se hundía y se desgarraba. Las bombas cohetes siguieron pasando, pasando, una, dos, una dos, seis de ellas, nueve de ellas, doce de ellas, una y una y otra y otra lanzaron sus aullidos por él. Montag abrió la boca y dejó que el chillido penetrara y volviera a salir por entre sus dientes descubiertos. La casa se estremeció. El encendedor se apagó en sus manos. Las dos pequeñas lunas desaparecieron. Montag sintió que su mano se precipitaba hacia el teléfono.

Los cohetes habían desaparecido. Montag sintió que sus labios se movían, rozaban el micrófono del aparato telefónico.

—Hospital de urgencia.

Un susurro terrible.

Montag sintió que las estrellas habían sido pulverizadas por el sonido de los negros reactores, y que, por la mañana, la tierra estaría cubierta con su polvo, como si se tratara de una extraña nieve. Aquél fue el absurdo pensamiento que se le ocurrió mientras se estremecía en la oscuridad, mientras sus labios seguían moviéndose y moviéndose.

Tenían aquella máquina. En realidad, tenían dos. Una de ellas se deslizaba hasta el estómago como una cobra negra que bajara por un pozo en busca de agua antigua y del tiempo antiguo reunidos allí. Bebía la sustancia verdusca que subía a la superficie en un lento hervir. ¿Bebía de la oscuridad? ¿Absorbía todos los venenos acumulados por los años? Se alimentaba en silencio, con un ocasional sonido de asfixia interna y ciega búsqueda. Aquello tenía un Ojo. El impasible operario de la máquina podía, poniéndose un casco óptico especial, atisbar en el alma de la persona a quien estaba analizando. ¿Qué veía el Ojo? No lo decía. Montag veía, aunque sin ver, lo que el Ojo estaba viendo. Toda la operación guardaba cierta semejanza con la excavación de una zanja en el patio de su propia casa. La mujer que yacía en la cama no era más que un duro estrato de mármol al que habían llegado. De todos modos, adelante, hundamos más el taladro, extraigamos el vacío, si es que podía sacarse el vacío mediante la succión de la serpiente. El operario fumaba un cigarrillo. La otra máquina funcionaba también.

La manejaba un individuo igualmente impasible, vestido con un mono de color pardo rojizo. Esta máquina extraía toda la sangre del cuerpo y la sustituía por sangre nueva y suero.

—Hemos de limpiarnos de ambas maneras —dijo el operario, inclinándose sobre la silenciosa mujer—. Es inútil lavar el estómago si no se lava la sangre. Si se deja esa sustancia en la sangre, ésta golpea el cerebro con la fuerza de un mazo, mil, dos mil veces, hasta que el cerebro ya no puede más y se apaga.

—¡Deténganse! —exclamó Montag.

—Es lo que iba a decir —dijo el operario.

—¿Han terminado?

Los hombres empaquetaron las máquinas.

—Estamos listos.

La cólera de Montag ni siquiera les afectó. Permanecieron con el cigarrillo en los labios, sin que el humo que penetraba en su nariz y sus ojos les hiciera parpadear.

—Serán cincuenta dólares.

—Ante todo, ¿por qué no me dicen si sanará?

—¡Claro que se curará! Nos llevamos todo el veneno en esa maleta y, ahora, ya no puede afectarle. Tal como he dicho, se saca lo viejo, se pone lo nuevo y quedan mejor que nunca.

—Ninguno de ustedes es médico. ¿Por qué no me han enviado uno?

—¡Diablos! —El cigarrillo del operario se movió en sus labios—. Tenemos nueve o diez casos como éste cada noche. Tantos que hace unos cuantos años tuvimos que construir estas máquinas especiales. Con la lente óptica, claro está, resultan una novedad; el resto es viejo. En un caso así no hace falta doctor; lo único que se requiere son dos operarios hábiles y liquidar el problema en media hora. Bueno —se dirigió hacia la puerta—, hemos de irnos. Acabamos de recibir otra llamada en nuestra radio auricular. A diez manzanas de aquí. Alguien se ha zampado una caja de píldoras. Si vuelve a necesitarnos, llámenos. Procure que su esposa permanezca quieta. Le hemos inyectado un antisedante. Se levantará bastante hambrienta. Hasta la vista.

Y los hombres, con los cigarrillos en sus rectilíneas bocas, cogieron la máquina y el tubo, su caja de melancolía líquida y traspasaron la puerta.

Montag se dejó caer en una silla y contempló a su mujer. Ahora tenía los ojos cerrados, apaciblemente, y él alargó una mano para sentir en la palma la tibieza de la respiración.

—Mildred —dijo, por fin.

«Somos demasiados —pensó—. Somos miles de millones, es excesivo. Nadie conoce a nadie. Llegan unos desconocidos y te violan, llegan unos desconocidos y te desgarran el corazón. Llegan unos desconocidos y se te llevan la sangre. ¡Válgame Dios! ¿Quiénes eran esos hombres? ¡Jamás les había visto!»

Transcurrió media hora.

El torrente sanguíneo de aquella mujer era nuevo y parecía haberla cambiado. Sus mejillas estaban muy sonrojadas y sus labios aparecían frescos y llenos de color, suaves y tranquilos. Allí había la sangre de otra persona. Si hubiera también la carne, el cerebro y la memoria de otro... Si hubiesen podido llevarse su cerebro a la lavandería, para vaciarle los bolsillos y limpiarlo a fondo, devolviéndolo como nuevo a la mañana siguiente... Si...

Montag se levantó, descorrió las cortinas y abrió las ventanas de par en par para dejar entrar al aire nocturno. Eran las dos de la madrugada ¿Era posible que sólo hubiera transcurrido una hora desde que encontró a Clarisse McClellan en la calle, que él había entrado para encontrar la habitación oscura, desde que su pie había golpeado la botellita de cristal? Sólo una hora, pero el mundo se había derrumbado y vuelto a constituirse con una forma nueva e incolora.

De la casa de Clarisse, por encima del césped iluminado por el claro de luna, llegó el eco de unas risas; la de

Clarisse, la de sus padres y la del tío que sonreía tan sosegado y ávidamente. Por encima de todo, sus risas eran tranquilas y vehementes, jamás forzadas, y procedían de aquella casa tan brillantemente iluminada a avanzada hora de la noche, en tanto que todas las demás estaban cerradas en sí mismas, rodeadas de oscuridad. Montag oyó las voces que hablaban, hablaban, tejiendo y volviendo a tejer su hipnótica tela.

Montag salió por el ventanal y atravesó el césped, sin darse cuenta de lo que hacía. Permaneció en la sombra, frente a la casa iluminada, pensando que podía llamar a la puerta y susurrar: «Dejadme pasar. No diré nada. Sólo deseo escuchar. ¿De qué estáis hablando?»

Pero, en vez de ello, permaneció inmóvil, muy frío, con el rostro convertido en una máscara de hielo, escuchando una voz de hombre —¿la del tío?— que hablaba con tono sosegado:

—Bueno, al fin y al cabo, ésta es la era del tejido disponible. Dale un bufido a una persona, atácala, ahuyéntala, localiza otra, bufa, ataca, ahuyenta. Todo el mundo utiliza las faldas de todo el mundo. ¿Cómo puede esperarse que uno se encariñe por el equipo de casa cuando ni siquiera se tiene un programa o se conocen los nombres? Por cierto, ¿qué colores de camiseta llevan cuando salen al campo?

Montag regresó a su casa, dejó abierta la ventana, comprobó el estado de Mildred, la arropó cuidadosamente y, después, se tumbó bajo el claro de luna, que formaba una cascada de plata en cada uno de sus ojos.

Una gota de lluvia. Clarisse. Otra gota. Mildred. Una tercera. El tío. Una cuarta. El fuego esta noche. Una, Clarisse. Dos, Mildred. Tres, tío. Cuatro, fuego. Una, Mildred, dos Clarisse. Una, dos, tres, cuatro, cinco, Clarisse, Mildred, tío, fuego, tabletas soporíferas, hombres, tejido disponible, faldas, bufido, ataque, rechazo, Clarisse, Mildred, tío, fuego, tabletas, tejidos, bufido, ataques, rechazo. ¡Una, dos, tres, una, dos, tres! Lluvia. La tormenta. El tío riendo. El trueno descendiendo desde lo alto. Todo el mundo cayendo convertido en lluvia. El fuego ascendiendo en el volcán. Todo mezclado en un estrépito ensordecedor y en un torrente que se encaminaba hacia el amanecer.

—Ya no entiendo nada de nadie —dijo Montag.

Y dejó que una pastilla soporífera se disolviera en su lengua.

A las nueve de la mañana, la cama de Mildred estaba vacía.

Montag se levantó apresuradamente. Su corazón latía rápidamente, corrió vestíbulo abajo y se detuvo ante la puerta de la cocina.

Una tostada asomó por el tostador plateado, y fue cogida por una mano metálica que la embadurnó de mantequilla derretida.

Mildred contempló cómo la tostada pasaba a su plato. Tenía las orejas cubiertas con abejas electrónicas que, con su susurro, ayudaban a pasar el tiempo. De pronto, la mujer levantó la mirada, vio a Montag, le saludó con la cabeza.

—¿Estás bien? —preguntó Montag.

Mildred era experta en leer el movimiento de los labios, a consecuencia de diez años de aprendizaje con las pequeñas radios auriculares. Volvió a asentir. Introdujo otro pedazo de pan en la tostadora.

Montag se sentó.

Su esposa dijo:

—No entiendo *por qué* estoy tan hambrienta.

—Es que...

—Estoy *hambrienta.*

—Anoche... —empezó a decir él

—No he dormido bien. Me siento fatal. ¡Caramba! ¡Qué hambre tengo! No lo entiendo.

—Anoche... —volvió a decir él.

Ella observó distraídamente sus labios.

—¿Qué ocurrió anoche?

—¿No lo recuerdas?

—¿Qué? ¿Celebramos una juerga o algo por el estilo? Siento como una especie de jaqueca. ¡Dios, qué hambre tengo! ¿Quién estuvo aquí?

—Varias personas.

—Es lo que me figuraba. —Mildred mordió su tostada—. Me duele el estómago, pero tengo un hambre canina. Supongo que no cometí ninguna tontería durante la fiesta.

—No —respondió él con voz queda.

La tostadora le ofreció una rebanada untada con mantequilla. Montag alargó la mano, sintiéndose agradecido.

—Tampoco tú pareces estar demasiado en forma —dijo su esposa.

A última hora de la tarde llovió, y todo el mundo adquirió un color grisáceo oscuro. En el vestíbulo de su casa, Montag se estaba poniendo la insignia con la salamandra anaranjada. Levantó la mirada hacia la rejilla del aire acondicionado que había en el vestíbulo. Su esposa, examinando un guión en la salita, apartó la mirada el tiempo suficiente para observarle.

—¡Eh! —dijo—. ¡El hombre está *pensando*!

—Sí —dijo él—. Quería hablarte. —Hizo una pausa—. Anoche, te tomaste todas las píldoras de tu botellita de somníferos.

—¡Oh, jamás haría eso! —replicó ella, sorprendida.

—El frasquito estaba vacío.

—Yo no haría una cosa como ésa. ¿Por qué tendría que haberlo hecho?

—Quizá te tomaste dos píldoras, lo olvidaste y volviste a tomar otras dos, y así sucesivamente hasta quedar tan aturdida que seguiste tomándolas mecánicamente hasta tragar treinta o cuarenta de ellas.

—Cuentos —dijo ella—. ¿Por qué podría haber querido hacer semejante tontería?

—No lo sé.

Era evidente que Mildred estaba esperando a que Montag se marchase.

—No lo he hecho —insistió la mujer—. No lo haría ni en un millón de años.

—Muy bien. Puesto que tú lo dices...

—Eso es lo que dice la señora.

Ella se concentró de nuevo en el guión.

—¿Qué dan esta tarde? —preguntó Montag con tono aburrido.

Mildred volvió a mirarle.

—Bueno, se trata de una obra que transmitirán en el circuito moral dentro de diez minutos. Esta mañana me han enviado mi papel por correo. Yo les había enviado varias tapas de cajas. Ellos escriben el guión con un papel en blanco. Se trata de una nueva idea. La concursante, o sea yo, ha de recitar ese papel. Cuando llega el momento de decir las líneas que faltan, todos me miran desde las tres paredes, y yo las digo. Aquí, por ejemplo, el hombre dice: «¿Qué te parece esta idea, Helen?» Y me mira mientras yo estoy sentada aquí en el centro del escenario, ¿comprendes? Y yo replico, replico... —Hizo una pausa y, con el dedo, buscó una línea del guión—. «¡Creo que es estupenda!» Y así continúan con la obra hasta que él dice: «¿Estás de acuerdo con esto, Helen?», y yo: «¡Claro que sí!» ¿Verdad que es divertido, Guy?

Él permaneció en el vestíbulo, mirándola.

—Desde luego, lo es —prosiguió ella.

—¿De qué trata la obra?

—Acabo de decírtelo. Están esas personas llamadas Bob, Ruth y Helen.

—¡Oh!

—Es muy distraída. Y aún lo será más cuando podamos instalar televisión en la cuarta pared. ¿Cuánto crees que tardaremos ahora para poder sustituir esa pared por otra con televisión? Sólo cuesta dos mil dólares.

—Eso es un tercio de mi sueldo anual.

—Sólo cuesta dos mil dólares —repitió ella—. Y creo que alguna vez deberías tenerme cierta consideración. Si tuviésemos la cuarta pared... ¡Oh! Sería como si esta sala ya no fuera nuestra en absoluto, sino que perteneciera a toda clase de gente exótica. Podríamos pasarnos de algunas cosas.

—Ya nos estamos pasando de algunas para pagar la tercera pared. Sólo hace dos meses que la instalamos. ¿Recuerdas?

—¿Tan poco tiempo hace? —Se lo quedó mirando durante un buen rato—. Bueno, adiós.

—Adiós —dijo él. Se detuvo y se volvió hacia su mujer—. ¿Tiene un final feliz?

—Aún no he terminado de leerla.

Montag se acercó, leyó la última página, asintió, dobló el guión y se lo devolvió a Mildred. Salió de la casa y se adentró en la lluvia.

El aguacero iba amainando, y la muchacha andaba por el centro de la acera, con la cabeza echada hacia atrás para que las gotas le cayeran en el rostro. Cuando vio a Montag, sonrió.

—¡Hola!

Él contestó al saludo y después, dijo:

—¿Qué haces ahora?

—Sigo loca. La lluvia es agradable. Me encanta caminar bajo la lluvia.

—No creo que a mí me gustase.

—Quizá sí, si lo probara.

—Nunca lo he hecho.

Ella se lamió los labios.

—La lluvia incluso tiene buen sabor.

—¿A qué te dedicas? ¿A andar por ahí probándolo todo una vez? —inquirió Montag.

—A veces, dos.

La muchacha contempló algo que tenía en una mano.

—¿Qué llevas ahí?

—Creo que es el último diente de león de este año. Me parecía imposible encontrar uno en el césped, tan avanzada la temporada. ¿No ha oído decir eso de frotárselo contra la barbilla? Mire.

Clarisse se tocó la barbilla con la flor, riendo.

—¿Para qué?

—Si deja señal, significa que estoy enamorada. ¿Me ha ensuciado?

Él sólo fue capaz de mirar.

—¿Qué? —preguntó ella.

—Te has manchado de amarillo.

—¡Estupendo! Probemos ahora con *usted*.

—Conmigo no dará resultado.

—Venga. —Antes de que Montag hubiese podido moverse, la muchacha le puso el diente de león bajo la barbilla. Él se echó hacia atrás y ella rió—. ¡Estése quieto!

Atisbó bajo la barbilla de él y frunció el ceño.

—¿Qué? —dijo Montag.

—¡Qué vergüenza! No está enamorado de nadie.

—¡Sí que lo estoy!

—Pues no aparece ninguna señal.

—¡Estoy muy enamorado! —Montag trató de evocar un rostro que encajara con sus palabras, pero no lo encontró—. ¡Sí que lo estoy!

—¡Oh, por favor, no me mire de esta manera!

—Es el diente de león —replicó él—. Lo has gastado todo contigo. Por eso no ha dado resultado en mí.

—Claro, debe de ser esto. ¡Oh! Ahora, le he enojado. Ya lo veo. Lo siento, de verdad.

La muchacha le tocó en un codo.

—No, no —se apresuró a decir él—. No me ocurre absolutamente nada.

—He de marcharme. Diga que me perdona. No quiero que esté enojado conmigo.

—No estoy enojado. Alterado, sí.

—Ahora, he de ir a ver a mi psiquiatra. Me obligan a ir. Invento cosas que decirle. Ignoro lo que pensará de mí. ¡Dice que soy una cebolla muy original! Le tengo ocupado pelando capa tras capa.

—Me siento inclinado a creer que necesitas a ese psiquiatra —dijo Montag.

—No lo piensa en serio.

Él inspiró profundamente, soltó el aire y, por último, dijo:

—No, no lo pienso en serio.

—El psiquiatra quiere saber por qué salgo a pasear por el bosque, a observar a los pájaros y a coleccionar mariposas. Un día, le enseñaré mi colección.

—Bueno.

—Quieren saber lo que hago a cada momento. Yo les digo que a veces me limito a estar sentada y a *pensar*. Pero no quiero decirles sobre qué. Echarían a correr. Y, a veces, les digo, me gusta echar la cabeza hacia atrás, así, y dejar que la lluvia caiga en mi boca. Sabe a vino. ¿Lo ha probado alguna vez?

—No, yo...

—Me *ha* perdonado usted, ¿verdad?

—Sí. —Montag meditó sobre aquello—. Sí te he perdonado. Dios sabrá por qué. Eres extraña, eres irritante y, sin embargo, es fácil perdonarte. ¿Dices que tienes diecisiete años?

—Bueno, los cumpliré el mes próximo.

—Es curioso. Mi esposa tiene treinta y, sin embargo, hay momentos en que pareces mucho mayor que ella. No acabo de entenderlo.

—También usted es extraño, Mr. Montag. A veces, hasta olvido que es bombero. Ahora, ¿puedo encolerizarle de nuevo?

—Adelante.

—¿Cómo empezó eso? ¿Cómo intervino usted? ¿Cómo escogió su trabajo y cómo se le ocurrió buscar el empleo que tiene? Usted no es como los demás. He visto a unos cuantos. *Lo sé*. Cuando hablo, usted me mira. Anoche, cuando dije algo sobre la luna, usted la miró. Los otros nunca harían eso. Los otros se alejarían, dejándome con la palabra en la boca. O me amenazarían. Nadie tiene ya tiempo para nadie. Usted es uno de los pocos que congenian conmigo. Por eso pienso que es tan extraño que sea usted bombero. Porque la verdad es que no parece un trabajo indicado para usted.

Montag sintió que su cuerpo se dividía en calor y frialdad, en suavidad y dureza, en temblor y firmeza, y ambas mitades se fundían la una contra la otra.

—Será mejor que acudas a tu cita —dijo, por fin.

Y ella se alejó corriendo y le dejó plantado allí bajo la lluvia. Montag tardó un buen rato en moverse.

Y luego, muy lentamente, sin dejar de andar, levantó el rostro hacia la lluvia, sólo por un momento, y abrió la boca...

El Sabueso Mecánico dormía sin dormir, vivía sin vivir en el suave zumbido, en la suave vibración de la perrera débilmente iluminada, en un rincón oscuro de la parte trasera del cuartel de bomberos. La débil luz de la una de la madrugada, el claro de luna enmarcado en el gran ventanal tocaba algunos puntos del latón, el cobre y el acero de la bestia levemente temblorosa. La luz se reflejaba en porciones de vidrio color rubí y en sensibles pelos capilares, del hocico de la criatura, que temblaba suave, suavemente, con sus ocho patas de pezuñas de goma recogidas bajo el cuerpo.

Montag se deslizó por la barra de latón abajo. Se asomó a observar la ciudad, y las nubes habían desaparecido por completo; encendió un cigarrillo, retrocedió para inclinarse y mirar al Sabueso. Era como una gigantesca abeja que regresaba a la colmena desde algún campo donde la miel está llena de salvaje veneno, de insania o de pesadilla, con el cuerpo atiborrado de aquel néctar excesivamente rico y, ahora, estaba durmiendo para eliminar de sí los humores malignos.

—Hola —susurró Montag, fascinado como siempre, por la bestia muerta, la bestia viviente.

De noche, cuando se aburría, lo que ocurría a diario, los hombres se dejaban resbalar por las barras de latón y ponían en marcha las combinaciones del sistema olfativo del Sabueso, y soltaban ratas en el área del cuartel de bomberos; otras veces, pollos, y otras, gatos que, de todos modos, hubiesen tenido que ser ahogados, y se hacían apuestas acerca de qué presa el Sabueso cogería primero. Los animales eran soltados. Tres segundos más tarde, el fuego había terminado la rata, el gato o el pollo atrapado en mitad del patio, sujeto por las suaves pezuñas, mientras una aguja hueca de diez centímetros surgía del morro del Sabueso para inyectar una dosis masiva de morfina o de procaína. La presa era arrojada luego al incinerador. Empezaba otra partida.

Cuando ocurría esto, Montag solía quedarse arriba. Hubo una vez, dos años atrás, en que hizo una apuesta y perdió el salario de una semana, debiendo enfrentarse con la furia insana de Mildred, que aparecía en sus venas y sus manchas rojizas. Pero, ahora, durante la noche, permanecía tumbado en su litera con el rostro vuelto hacia la pared, escuchando las carcajadas de abajo y el rumor de las patas de los roedores, seguidos por el rápido y silencioso movimiento del Sabueso que saltaba bajo la cruda luz, encontrando, sujetando a su víctima, insertando la aguja y regresando a su perrera para morir como si se hubiese dado vueltas a un conmutador.

Montag tocó el hocico. El Sabueso gruñó.

Montag dio un salto hacia atrás.

El Sabueso se levantó a medias en su perrera y le miró con ojos verdeazulados de neón que parpadeaban en sus globos repentinamente activados. Volvió a gruñir, una extraña combinación de siseo eléctrico, de crepitar y de chirrido de metal, un girar de engranajes que parecían oxidados y llenos de recelo.

—No, no, muchacho —dijo Montag.

El córazón le latió fuertemente. Vio que la aguja plateada asomaba un par de centímetros, volvía a ocultarse, asomaba un par de centímetros, volvía a ocultarse, asomaba, se ocultaba. El gruñido se acentuó, y la bestia miró a Montag.

Éste retrocedió. El Sabueso adelantó un paso en su perrera. Montag cogió la barra de metal con una mano. La barra, reaccionando, se deslizó hacia arriba y, silenciosamente, le llevó más arriba del techo, débilmente iluminada. Estaba tembloroso y su rostro tenía un color blanco verdoso. Abajo, el Sabueso había vuelto a agazaparse sobre sus increíbles ocho patas de insecto y volvía a ronronear para sí mismo, con sus ojos de múltiples facetas en paz.

Montag esperó junto al agujero a que se calmaran sus temores. Detrás de él, cuatro hombres jugaban a los naipes bajo una luz con pantalla verde, situada en una esquina. Los jugadores lanzaron una breve mirada a Montag pero no dijeron nada. Sólo el hombre que llevaba el casco de capitán y el signo del cenit en el mismo, habló por último, con curiosidad, sosteniendo las cartas en una de sus manos, desde el otro lado de la larga habitación.

—Montag…

—No le gusto a ése —dijo Montag.

—¿Quién, al Sabueso? —El capitán estudió sus naipes—. Olvídate de ello. Ése no quiere ni odia. Simplemente, «funciona». Es como una lección de balística. Tiene una trayectoria que nosotros determinamos. Él la sigue rigurosamente. Persigue el blanco, lo alcanza, y nada más. Sólo es alambre de cobre, baterías de carga y electricidad.

Montag tragó saliva.

—Sus calculadoras pueden ser dispuestas para cualquier combinación, tantos aminoácidos, tanto azufre, tanta grasa, tantos álcalis. ¿No es así?

—Todos sabemos que sí.

—Las combinaciones químicas y porcentajes de cada uno de nosotros están registrados en el archivo general del cuartel, abajo. Resultaría fácil para alguien introducir en la «memoria» del Sabueso una combinación parcial, quizás un toque de aminoácido. Eso explicaría lo que el animal acaba de hacer. Ha reaccionado contra mí.

—¡Diablos! —exclamó el capitán.

—Irritado, pero no completamente furioso. Sólo con la suficiente «memoria» para gruñirme al tocarlo.

—¿Quién podría haber hecho algo así? —preguntó el capitán—. Tú no tienes enemigos aquí, Guy.

—Que yo sepa, no.

—Mañana haremos que nuestros técnicos verifiquen el Sabueso.

—No es la primera vez que me ha amenazado —dijo Montag—. El mes pasado ocurrió dos veces.

—Arreglaremos esto, no te preocupes.

Pero Montag no se movió y siguió pensando en la reja del ventilador del vestíbulo de su casa, y en lo que había oculto detrás de la misma. Si alguien del cuartel de bomberos estuviese enterado de lo del ventilador, ¿no podría ser que se lo «contara» al Sabueso...?

El capitán se acercó al agujero de la sala y lanzó una inquisitiva mirada a Montag.

—Estaba pensando —dijo Montag— en qué estará pensando el Sabueso Mecánico ahí abajo, toda la noche. ¿Está vivo de veras? Me produce escalofríos.

—Él no piensa nada que no deseemos que piense.

—Es una pena —dijo Montag con voz queda—, porque lo único que ponemos en su cerebro es cacería, búsqueda y matanza. ¡Qué vergüenza que solamente haya de conocer eso!

Beatty resopló amablemente.

—¡Diablos! Es una magnífica pieza de artesanía, un proyectil que busca su propio objetivo y garantiza el blanco cada vez.

—Por eso no quisiera ser su próxima víctima —replicó Montag.

—¿Por qué? ¿Te remuerde la conciencia por algo?

Montag levantó la mirada con rapidez.

Beatty permanecía allí, mirándole fijamente a los ojos, en tanto que su boca se abría y empezaba a reír con suavidad.

Uno, dos, tres, cuatro, cinco, seis, siete días. Y cada vez que él salía de la casa. Clarisse estaba por allí, en algún lugar del mundo. Una vez Montag la vio sacudiendo un nogal; otra, sentada en el césped, tejiendo un jersey azul; en tres o cuatro ocasiones, encontró un ramillete de flores tardías en el porche de su casa, o un puñado de nueces en un pequeño saquito, o varias hojas otoñales pulcramente clavadas en una cuartilla de papel blanco, sujeta en su puerta. Clarisse le acompañaba cada día hasta la esquina. Un día, llovía; el siguiente, estaba despejado; el otro, soplaba un fuerte viento, y el de más allá, todo estaba tranquilo y en calma; el día siguiente a ese día en calma fue semejante a un horno veraniego y Clarisse apareció con el rostro quemado por el sol.

—¿Por qué será —dijo él una vez, en la entrada del «Metro»— que tengo la sensación de conocerte desde hace muchos años?

—Porque le aprecio a usted —replicó ella—, y no deseo nada suyo. Y también porque nos conocemos mutuamente.

—Me haces sentir muy viejo y parecido a un padre.

—¿Puede explicarme por qué no tiene ninguna hija como yo, si le gustan tanto los niños?

—Lo ignoro.

—¡Bromea usted!

—Quiero decir... —Montag calló y meneó la cabeza—. Bueno, es que mi esposa... Ella nunca ha deseado tener niños.

La muchacha dejó de sonreír.

—Lo siento. Me había parecido que se estaba burlando de mí. Soy una tonta.

—No, no —replicó Montag—. Ha sido una buena pregunta. Hacía mucho tiempo que nadie se interesaba lo suficiente por mí para hacérmela. Una buena pregunta.

—Hablemos de otra cosa. ¿Ha olido alguna vez unas hojas viejas? ¿Verdad que huelen a cinamomo? Tome. Huela.

—Caramba, sí, en cierto modo, *parece* cinamono.

Clarisse le miró con sus transparentes ojos oscuros.

—Siempre parece ofendido.

—Es que no he tenido tiempo...

—¿Se fijó en los carteles alargados, tal como le dije?

—Creo que sí. Sí.

Montag tuvo que reírse.

—Su risa parece mucho más simpática que antes.

—¿De veras?

—Mucho más tranquila.

Montag se sintió a gusto y cómodo.

—¿Por qué no estás en la escuela? Cada día te encuentro vagabundeando por ahí.

—¡Oh, no me echan en falta! —contestó ella—. Dicen que soy insociable. No me adapto. Es muy extraño. En el fondo, soy muy sociable. Todo depende de lo que se entienda por ser sociable, ¿no? Para mí, representa hablar de cosas como éstas. —Hizo sonar unas nueces que habían caído del árbol del patio—. O comentar lo extraño que es el mundo. Estar con la gente es agradable. Pero no considero que sea sociable reunir a un grupo de gente y, después, no dejar que hable. Una hora de clase TV, una hora de baloncesto, de pelota base o de carreras, otra hora de transcripción o de reproducción de imágenes, y más deportes. Pero ha de saber que nunca hacemos preguntas o, por lo menos, la mayoría no las hace; no hacen más que lanzarte las respuestas, ¡zas!, ¡zas!, y nosotros sentados allí durante otras cuatro horas de clase cinematográfica. Esto no tiene nada que ver con la sociabilidad. Hay muchas chimeneas y mucha agua que mana por ellas, y todos nos decimos que es vino, cuando no lo es. Nos fatigan tanto que al terminar el día, sólo somos capaces de acostarnos, ir a un Parque de Atracciones para empujar a la gente, romper cristales en el Rompedor de Ventanas o triturar automóviles en el Aplastacoches, con la gran bola de acero. Al salir en automóvil y recorrer las calles intentando comprobar cuán cerca de los faroles es posible detenerte, o quién es el último que salta del vehículo antes de que se estrelle. Supongo que soy todo lo que dicen de mí, desde luego. No tengo ningún amigo. Esto debe demostrar que soy anormal. Pero todos aquellos a quienes conozco andan gritando o bailando por ahí como locos o golpeándose mutuamente. ¿Se ha dado cuenta de cómo, en la actualidad, la gente se zahiere entre sí?

—Hablas como una vieja.

—A veces, lo soy. Temo a los jóvenes de mi edad. Se matan mutuamente. ¿Siempre ha sido así? Mi tío dice que no. Sólo en el último año, seis de mis compañeros han muerto por disparo. Otros diez han muerto en accidente de automóvil. Les temo y ellos no me quieren por este motivo. Mi tío dice que su abuelo recordaba cuando los niños no se mataban entre sí. Pero de eso hace mucho, cuando todo era distinto. Mi tío dice que creían en la responsabilidad. Ha de saber que yo soy responsable. Años atrás, cuando lo merecía, me azotaban. Y hago a mano todas las compras de la casa, y también la limpieza. Pero por encima de todo —prosiguió diciendo Clarisse—, me gusta observar a la gente. A veces, me paso el día entero en el «Metro», y los contemplo y los escucho. Sólo deseo saber qué son, qué desean y adónde van. A veces, incluso voy a los parques de atracciones y monto en los coches cohetes cuando recorren los arrabales de la ciudad a medianoche y la Policía no se mete con ellos con tal de que estén asegurados. Con tal de que todos tengan un seguro de diez mil, todos contentos. A veces, me deslizo a hurtadillas y escucho en el «Metro». O en las cafeterías. Y, ¿sabe qué?

—¿Qué?

—La gente no habla de nada.

—¡Oh, *de algo* hablarán!

—No, de nada. Citan una serie de automóviles, de ropa o de piscinas y dicen que es estupendo. Pero todos dicen lo mismo y nadie tiene una idea original. Y en los cafés, la mayoría de las veces funcionan las máquinas de chistes, siempre los mismos, o la pared musical encendida y todas las combinaciones coloreadas suben y bajan, pero sólo se trata de colores y de dibujo abstracto. Y en los museos... ¿Ha estado en ellos? *Todo* es abstracto. Es lo único que hay ahora. Mi tío dice que antes era distinto. Mucho tiempo atrás los cuadros a veces decían algo o incluso representaban a *personas.*

—Tu tío dice, tu tío dice... Tu tío debe de ser un hombre notable.

—Lo es. Sí que lo es. Bueno, he de marcharme. Adiós, Mr. Montag.

—Adiós.

—Adiós...

Uno, dos, tres, cuatro, cinco, seis, siete días: el cuartel de bomberos.

—Montag, estás puliendo esa barra como un pájaro encaramado en un árbol.

Tercer día.

—Montag, he visto que entrabas por la puerta posterior. ¿Te preocupa el Sabueso?

—No, no.

Cuatro días.

—¡Qué curioso, Montag! Esta mañana lo he oído contar. Un bombero de Seattle sintonizó adrede un Sabueso Mecánico con su propio complejo químico y, después, lo soltó. ¿Qué clase de suicidio llamarías a *esto?*

Cinco, seis, siete días.

Y, luego, Clarisse desapareció. Montag advirtió lo que ocurría aquella tarde, pero era no verla por allí. El césped estaba vacío, los árboles vacíos, la calle también, y si bien al principio Montag ni siquiera comprendió que la echaba en falta o que la estaba buscando, la realidad era que cuando llegó al «Metro» sentía en su interior débiles impulsos de intranquilidad.

Algo ocurría, algo había alterado su rutina. Una rutina sencilla, es cierto, establecida en unos cuantos días, y, sin embargo...

Estuvo a punto de volver atrás para rehacer el camino,

para dar tiempo a que la muchacha apareciese. Estaba seguro de que si seguía la misma ruta todo saldría bien. Pero era tarde, y la llegada del convoy puso punto final a sus planes.

El revoloteo de los naipes, el movimiento de las manos, de los párpados, el zumbido de la voz que anunciaba la hora en el techo del cuartel de bomberos: «...una treinta y cinco. Jueves mañana, 4 noviembre... Una treinta y seis... Una treinta y siete de la mañana...» El rumor de los naipes en la grasienta mesa... Todos los sonidos llegaban a Montag tras sus ojos cerrados, tras la barrera que había erigido momentáneamente. Percibía el cuartel lleno de centelleos y de silencio, de colores de latón, de colores de las monedas, de oro, de plata. Los hombres, invisibles, al otro lado de la mesa, suspiraban ante sus naipes, esperando. «...Una cuarenta y cinco...» El reloj oral pronunció lúgubremente la fría hora de una fría mañana de un año aún más frío.

—¿Qué te ocurre, Montag?

El aludido abrió los ojos.

Una radio susurraba en algún sitio: *...la guerra puede ser declarada en cualquier momento. El país está listo para defender sus...*

El cuartel se estremeció cuando una numerosa escuadrilla de reactores lanzó su nota aguda en el oscuro cielo matutino.

Montag parpadeó. Beatty le miraba como si fuese una estatua en un museo. En cualquier momento, Beatty podía levantarse y acercársele, tocar, explorar su culpabilidad. ¿Culpabilidad? ¿Qué culpabilidad era aquélla?

—Tú juegas, Montag.

Miró a aquellos hombres, cuyos rostros estaban tostados por un millar de incendios auténticos y otros diez millones de imaginarios, cuyo trabajo les enrojecía las mejillas y ponía una mirada febril en sus ojos. Aquellos hombres que contemplaban con fijeza las llamas de sus encendedores de platino cuando encendían sus negras boquillas que ardían eternamente. Ellos y su cabello cubierto de carbón, sus cejas sucias de hollín y sus mejillas manchadas de ceniza cuando estaban recién afeitados; pero parecía su herencia. Montag dio un respingo y abrió la boca. ¿Había visto, alguna vez, a un bombero que *no* tuviese el cabello negro, las cejas negras, un rostro fiero y un aspecto hirsuto, incluso recién afeitado? ¡Aquellos hombres eran reflejos de sí mismo! Así, pues, ¿se escogía a los bomberos tanto por su aspecto como por sus inclinaciones? El color de las brasas y la ceniza en ellos, y el ininterrumpido olor a quemado de sus pipas. Delante de él, el capitán Beatty lanzaba nubes de humo de tabaco. Beatty abría un nuevo paquete de picadura, produciendo al arrugar el celofán ruido de crepitar de llamas.

Montag examinó los naipes que tenía en las manos.

—Es... estaba pensando sobre el fuego de la semana pasada. Sobre el hombre cuya biblioteca liquidamos. ¿Qué le sucedió?

—Se lo llevaron chillando, al manicomio.

—Pero no estaba loco.

Beatty arregló sus naipes en silencio.

—Cualquier hombre que crea que puede engañar al Gobierno y a nosotros está loco.

—Trataba de imaginar —dijo Montag— qué sensación producía ver que los bomberos quemaban *nuestras* casas y *nuestros* libros.

—Nosotros no tenemos libros.

—Si los tuviésemos...

—¿*Tienes* alguno?

Beatty parpadeó lentamente.

—No.

Montag miró hacia la pared, más allá de ellos, en la que había las listas mecanografiadas de un millón de libros prohibidos. Sus nombres se consumían en el fuego, destruyendo los años bajo su hacha y su manguera, que arrojaba petróleo en vez de agua.

—No.

Pero, procedente de las rejas de ventilación de su casa, un fresco viento empezó a soplar helándole suavemente el rostro. Y, una vez más, se vio en el parque hablando con un viejo, un hombre muy viejo, y también el viento del parque era frío

Montag vaciló:

—¿Siempre..., siempre ha sido así? ¿El cuartel de bombero, nuestro trabajo? Bueno, quiero decir que hubo una época...

—¡Hubo una época! —repitió Beatty—. ¿Qué manera de hablar es *esa*?

«Tonto —pensó Montag—, te has delatado. En el último fuego, un libro de cuentos de hadas, del que casualmente leyó una línea...»

—Quiero decir —aclaró—, que en los viejos días antes de que las casas estuviesen totalmente a prueba de incendios... —De pronto, pareció que una voz mucho más joven hablaba por él. Montag abrió la boca y fue Clarisse McClellan la que preguntaba—: ¿No se dedicaban los bomberos a *apagar* incendios en lugar de provocarlos y atizarlos?

—¡Es el colmo!

Stoneman y Black sacaron su libro guía, que también contenía breves relatos sobre los bomberos de América, y los dejaron de modo que Montag, aunque familiarizado con ellos desde hacía mucho tiempo, pudiese leer:

Establecidos en 1790 para quemar los libros de influencia inglesa de las colonias. Primer bombero: Benjamín Franklin.

REGLA 1. Responder rápidamente a la alarma.
2. Iniciar el fuego rápidamente.
3. Quemarlo todo.
4. Regresar inmediatamente al cuartel.
5. Permanecer alerta para otras alarmas.

Todos observaban a Montag. Éste no se movía.

Sonó la alarma.

La campana del techo tocó doscientas veces. De pronto hubo cuatro sillas vacías. Los naipes cayeron como copos de nieve. La barra de latón se estremeció. Los hombres se habían marchado.

Montag estaba sentado en su silla. Abajo, el dragón anaranjado tosió y cobró vida.

Montag se deslizó por la barra, como un hombre que sueña.

El Sabueso Mecánico daba saltos en su guerrera, con los ojos convertidos en una llamarada verde.

—¡Montag, te olvidas del casco!

El aludido lo cogió de la pared que quedaba a su espalda, corrió, saltó, y se pusieron en marcha, con el viento nocturno martilleado por el alarido de su sirena y su poderoso retumbar metálico.

Era una casa de tres plantas, de aspecto ruinoso, en la parte antigua de la ciudad, que contaría, por lo menos, un siglo de edad; pero, al igual que todas las casas, había sido recubierta muchos años atrás por una delgada capa de plástico, ignífuga, y aquella concha protectora parecía ser lo único que la mantuviera erguida en el aire.

—¡Aquí están!

El vehículo se detuvo. Beatty, Stoneman y Black atravesaron corriendo la acera, repentinamente odiosos y gigantescos en sus gruesos trajes a prueba de llamas. Montag les siguió.

Destrozaron la puerta principal y aferraron a una mujer aunque ésta no corría, no intentaba escapar. Se limitaba a permanecer quieta balanceándose de uno a otro pie con la mirada fija en el vacío de la pared como si hubiese recibido un terrible golpe en la cabeza. Movía la boca, y sus ojos parecían tratar de recordar algo; y, luego, lo recordaron y su lengua volvió a moverse:

—«Pórtate como un hombre, joven Ridley. Por la gracia de Dios, encenderemos hoy en Inglaterra tal hoguera que confío en que nunca se apagará.»

—¡Basta de eso! —dijo Beatty—. ¿Dónde están?

Abofeteó a la mujer con sorprendente impasibilidad, y repitió la pregunta. La mirada de la vieja se fijó en Beatty.

—Usted ya sabe dónde están o, de lo contrario, no habría venido —dijo.

Stoneman alargó la tarjeta de alarma telefónica, con la denuncia firmada por duplicado, en el dorso:

Tengo motivos para sospechar del ático. Elm, número 11, ciudad.

E. B.

—Debe de ser Mrs. Blake, mi vecina —dijo la mujer, leyendo las iniciales.

—¡Bueno, muchachos, a por ellos!

Al instante, iniciaron el ascenso en la oscuridad, golpeando con sus hachuelas plateadas puertas que, sin embargo, no estaban cerradas, tropezando los unos con los otros, como chiquillos, gritando y alborotando.

—¡Eh!

Una catarata de libros cayó sobre Montag mientras éste ascendía vacilantemente la empinada escalera. ¡Qué inconveniencia! Antes, siempre había sido tan sencillo como apagar una vela. La Policía llegaba primero, amordazaba y ataba a la víctima y se la llevaba en sus resplandecientes vehículos, de modo que cuando llegaban los bomberos encontraban la casa vacía. No se dañaba a nadie, únicamente a *objetos*. Y puesto que los objetos no podían sufrir, puesto que los objetos no sentían nada ni chillaban o gemían, como aquella mujer podía empezar a hacerlo en cualquier momento, no había razón para sentirse, después, una conciencia culpable. Era tan sólo una operación de limpieza. Cada cosa en su sitio. ¡Rápido con el petróleo! ¿Quién tiene una cerilla?

Pero aquella noche, alguien se había equivocado. Aquella mujer estropeaba el ritual. Los hombres armaban demasiado ruido, riendo, bromeando, para disimular el terrible silencio acusador de la mujer. Ella hacía que las habitaciones vacías clamaran acusadoras y desprendieran un fino polvillo de culpabilidad que era absorbido por ellos al moverse por la casa. Montag sintió una irritación tremenda. ¡Por encima de todo, ella no debería estar allí!

Los libros bombardearon sus hombros, sus brazos, su rostro levantado. Un libro aterrizó, casi obedientemente, como una paloma blanca, en sus manos, agitando las alas. A la débil e incierta luz, una página desgajada asomó, y era como un copo de nieve con las palabras delicadamente impresas en ella. Con toda su prisa y su celo, Montag sólo tuvo un instante para leer una línea, pero ésta ardió en su cerebro durante el minuto siguiente como si se la hubiesen grabado con un acero. *El tiempo se ha dormido a la luz del sol del atardecer.* Montag dejó caer el libro. Inmediatamente cayó otro entre sus brazos.

—¡Montag, sube!

La mano de Montag se cerró como una boca, aplastó el libro con fiera devoción, con fiera inconsciencia, contra su pecho. Los hombres, desde arriba, arrojaban al aire polvoriento montones de revistas que caían como pájaros asesinados, y la mujer permanecía abajo, como una niña, entre los cadáveres.

Montag no hizo nada. Fue su mano la que actuó, su mano, con un cerebro propio, con una conciencia y una curiosidad en cada dedo tembloroso, se había convertido en ladrona. En aquel momento, metió el libro bajo su brazo, lo apretó con fuerza contra la sudorosa axila; salió vacía, con agilidad de prestidigitador. ¡Mira aquí! ¡Inocente! ¡Mira!

Montag contempló, alterado, aquella mano blanca. La mantuvo a distancia, como si padeciese presbicia. La acercó al rostro, como si fuese miope.

—¡Montag!

El aludido se volvió con sobresalto.

—¡No te quedes ahí parado, estúpido!

Los libros yacían como grandes montones de peces

puestos a secar. Los hombres bailaban, resbalaban y caían sobre ellos. Los títulos hacían brillar sus ojos dorados, caían, desaparecían.

—¡Petróleo!

Bombearon el frío fluido desde los tanques con el número 451 que llevaban sujetos a sus hombros. Cubrieron cada libro, inundaron las habitaciones.

Corrieron escaleras abajo; Montag avanzó en pos de ellos, entre los vapores del petróleo.

—¡Vamos, mujer!

Ésta se arrodilló entre los libros, acarició la empapada piel, el impregnado cartón, leyó los títulos dorados con los dedos mientras su mirada acusaba a Montag.

—No pueden quedarse con mis libros —dijo.

—Ya conoce la ley —replicó Beatty—. ¿Dónde está su sentido común? Ninguno de esos libros está de acuerdo con el otro. Usted lleva aquí encerrada años con una condenada torre de Babel. ¡Olvídese de ellos! La gente de esos libros nunca ha existido. ¡Vamos!

Ella meneó la cabeza.

—Toda la casa va a arder —advirtió Beatty.

Con torpes movimientos, los hombres traspusieron la puerta. Volvieron la cabeza hacia Montag, quien permanecía cerca de la mujer.

—¡No iréis a dejarla aquí! —protestó él.

—No quiere salir.

—¡Entonces, obligadla!

Beatty levantó una mano, en la que llevaba oculto el deflagrador.

—Hemos de regresar al cuartel. Además, esos fanáticos siempre tratan de suicidarse. Es la reacción familiar.

Montag apoyó una de sus manos en el codo de la mujer.

—Puede venir conmigo.

—No —contestó ella—. Gracias, de todos modos.

—Vamos a contar hasta diez —dijo Beatty—. Uno. Dos.

—Por favor —dijo Montag.

—Márchese —replicó la mujer.

—Tres. Cuatro.

—Vamos.

Montag tiró de la mujer.

—Quiero quedarme aquí —contestó ella con serenidad.

—Cinco. Seis.

—Puedes dejar de contar —dijo ella.

Abrió ligeramente los dedos de una mano; en la palma de la misma había un objeto delgado.

Una vulgar cerilla de cocina.

Esta visión hizo que los hombres se precipitaran fuera y se alejaran de la casa a todo correr. Para mantener su dignidad, el capitán Beatty retrocedió lentamente a través de la puerta principal, con el rostro quemado y brillante gracias a un millar de incendios y de emociones nocturnas. «Dios —pensó Montag—, ¡cuán cierto es! La alarma siempre llega de noche. ¡Nunca durante el día!» ¿Se debe a que el fuego es más bonito por la noche? ¿Más espectacular, más llamativo? El rostro sonrojado de Beatty mostraba, ahora, una leve expresión de pánico. Los dedos de la mujer se engarfiaron sobre la única cerilla. Los vapores del petróleo la rodeaban. Montag sintió que el libro oculto latía como un corazón contra su pecho.

—Váyase —dijo la mujer.

Y Montag, mecánicamente, atravesó el vestíbulo, saltó por la puerta en pos de Beatty, descendió los escalones, cruzó el jardín, donde las huellas del petróleo formaban un rastro semejante al de un caracol maligno.

En el porche frontal, adonde ella se había asomado para calibrarlos silenciosamente con la mirada, y había una condena en aquel silencio, la mujer permaneció inmóvil.

Beatty agitó los dedos para encender el petróleo.

Era demasiado tarde. Montag se quedó boquiabierto.

La mujer, en el porche, con una mirada de desprecio hacia todos, alargó el brazo y encendió la cerilla, frotándola contra la barandilla.

La gente salió corriendo de las casas a todo lo largo de la calle.

No hablaron durante el camino de regreso al cuartel. Rehuían mirarse entre sí. Montag iba sentado en el banco delantero con Beatty y con Black. Ni siquiera fumaron sus pipas. Permanecían quietos, mirando por la parte frontal de la gran salamandra mientras doblaban una esquina y proseguían avanzando silenciosamente.

—Joven Ridley —dijo Montag por último.

—¿Qué? —preguntó Beatty.

—Ella ha dicho «joven Ridley». Cuando hemos llegado a la puerta, ha dicho algo absurdo. «Pórtate como un hombre, joven Ridley», ha dicho. Y no sé qué más.

—«Por la gracia de Dios, encenderemos hoy en Inglaterra tal hoguera que confío en que nunca se apagará» —dijo Beatty.

Stoneman lanzó una mirada al capitán, lo mismo que Montag, atónitos ambos.

Beatty se frotó la barbilla.

—Un hombre llamado Latimer dijo esto a otro llamado Ridley mientras eran quemados vivos en Oxford, por herejía, el 16 de octubre de 1555.

Montag y Stoneman volvieron a contemplar la calle que parecía moverse bajo las ruedas del vehículo

—Conozco muchísimas sentencias —dijo Beatty—. Es algo necesario para la mayoría de los capitanes de bomberos. A veces, me sorprendo a mí mismo. ¡*Cuidado*, Stoneman!

Stoneman frenó el vehículo.

—¡Diantre! —exclamó Beatty—. Has dejado atrás la esquina por la que doblamos para ir al cuartel.

—¿Quién es?

—¿Quién podría ser? —dijo Montag, apoyándose en la oscuridad contra la puerta cerrada.

Su mujer dijo, por fin:

—Bueno, enciende la luz.

—No quiero luz.

—Acuéstate.

Montag oyó cómo ella se movía impaciente; los resortes de la cama chirriaron.

—¿Estás borracho?

De modo que era la mano que lo había empezado todo. Sintió una mano y, luego, la otra que desabrochaba su chaqueta y la dejaba caer en el suelo. Sostuvo sus pantalones sobre un abismo y los dejó caer en la oscuridad. Sus manos estaban hambrientas. Y sus ojos empezaban a estarlo también, como si tuviera necesidad de ver algo, cualquier cosa, todas las cosas.

—¿Qué estás haciendo?—preguntó su esposa.

Montag se balanceó en el espacio con el libro entre sus dedos sudorosos y fríos.

Al cabo de un minuto, ella insistió:

—Bueno, no te quedes plantado en medio de la habitación.

Él produjo un leve sonido.

—¿Qué? —preguntó Mildred.

Montag produjo más sonidos suaves. Avanzó dando traspiés hacia la cama y metió, torpemente, el libro bajo la fría almohada. Se dejó caer en la cama y su mujer lanzó una exclamación, asustada. Él yacía lejos de ella, al otro lado del dormitorio, en una isla invernal separada por un mar vacío. Ella le habló desde lo que parecía una gran distancia, y se refirió a esto y aquello, y no eran más que palabras, como las que había escuchado en el cuarto de los niños de un amigo, de boca de un pequeño de dos años que articulaba sonidos al aire. Pero Montag no contestó y, al cabo de mucho rato, cuando sólo él producía los leves sonidos, sintió que ella se movía en la habitación, se acercaba a su cama, se inclinaba sobre él y le tocaba una mejilla con la mano. Montag estaba seguro de que cuando ella retirara la mano de su rostro, la encontraría mojada.

Más avanzada la noche, Montag miró a Mildred. Estaba despierta. Una débil melodía flotaba en el aire, y su radio auricular volvía a estar enchufada en su oreja, mientras escuchaba a gente lejana de lugares remotos, con unos ojos muy abiertos que contemplaban las negras profundidades que había sobre ella, en el techo.

¿No había un viejo chiste acerca de la mujer que hablaba tanto por teléfono que su esposo, desesperado, tuvo que correr a la tienda más próxima para telefonearle y preguntar qué había para la cena? Bueno, entonces, ¿por qué no se compraba él una emisora para radio auricular y hablaba con su esposa ya avanzada la noche, murmurando, susurrando, gritando, vociferando? Pero, ¿qué le susurraría, qué le chillaría? ¿Qué hubiese podido decirle?

Y, de repente, le resultó tan extraña que Montag no pudo creer que la conociese. Estaba en otra casa, como esos chistes que contaba la gente acerca del caballero embriagado que llegaba a casa ya entrada la noche, abría una puerta que no era la suya, se metía en una habitación que no era la suya, se acostaba con una desconocida, se levantaba temprano y se marchaba a trabajar sin que ninguno de los dos hubiese notado nada.

—Millie… —susurró.

—¿Qué?

—No me proponía asustarte. Lo que quiero saber es…

—Di.

—Cuándo nos encontramos. Y *dónde*.

—¿Cuándo nos encontramos para *qué*? —preguntó ella.

—Quiero decir… por primera vez.

Montag comprendió que ella estaría frunciendo el ceño en la oscuridad.

Aclaró conceptos:

—¿Dónde y cuándo nos conocimos?

—¡Oh! Pues fue en…

La mujer calló.

—No lo sé —reconoció al fin.

Montag sintió frío.

—¿No puedes recordarlo?

—Hace mucho tiempo.

—¡Sólo diez años, eso es todo, sólo diez!

—No te excites, estoy tratando de pensar. —Mildred emitió una extraña risita que fue haciéndose más y más aguda—. ¡Qué curioso! ¡Qué curioso no acordarse de dónde o cuándo se conoció al marido o a la mujer!

Montag se frotaba los ojos, las cejas y la nuca, con lentos movimientos. Apoyó ambas manos sobre sus ojos y apretó con firmeza, como para incrustar la memoria en su sitio. De pronto, resultaba más importante que cualquier otra cosa en su vida saber dónde había conocido a Mildred.

—No importa.

Ella estaba ahora en el cuarto de baño, y Montag oyó correr el agua y el ruido que hizo Mildred al beberla.

—No, supongo que no —dijo.

Trató de contar cuántas veces tragaba, y pensó en la visita de los dos operarios con los cigarrillos en sus bocas rectilíneas y la serpiente de ojo electrónico descendiendo a través de capas y capas de noche y de piedra y de agua remansada de primavera, y deseó gritar a su mujer: «¿Cuántas te has tomado esta noche? ¡Las cápsulas! ¿Cuántas te tomarás después sin saberlo? ¡Y seguir así hora tras hora! ¡Y quizá no esta noche sino mañana! ¡Y yo sin dormir esta noche, ni mañana, ni ninguna otra durante mucho tiempo, ahora que esto ha empezado!» Y Montag se la imaginó tendida en la cama, con los dos operarios erguidos a su lado, no inclinados con preocupación, sino erguidos, con los brazos cruzados. Y recordó haber pensado entonces, que si ella moría, estaba seguro que *no había de llorar.* Porque sería la muerte de una desconocida, un rostro visto en la calle, una imagen del periódico; y, de repente, le resultó todo tan triste que había empezado a llorar, no por la muerte, sino al pensar que no lloraría cuando Mildred muriera, un absurdo hombre vacío junto a una absurda mujer vacía, en tanto que la hambrienta serpiente la dejaba aún más vacía.

«¿Cómo se consigue quedar tan vacío? —se preguntó Montag—. ¿Quién te vacía? ¡Y aquella horrible flor del otro día, el diente de león! Lo había comprendido todo, ¿verdad? "¡Qué vergüenza! ¡No está enamorado de nadie!" ¿Y por qué no?»

Bueno, ¿no existía una muralla entre él y Mildred, pensándolo bien? Literalmente, no sólo un muro, sino tres, en realidad. Y, además, muy caros. Y los tíos, las tías, los primos, las sobrinas, los sobrinos que vivían en aquellas paredes, la farfullante pandilla de simios que no decían nada, nada, y lo decían a voz en grito. Desde el principio, Montag se había acostumbrado a llamarlos parientes. «¿Cómo está hoy, tío Louis?» «¿Quién?» «¿Y tía Maude?» En realidad, el recuerdo más significativo que tenía de Mildred era el de una niñita en un bosque sin árboles (¡qué extraño!), o, más bien, de una niñita perdida en una meseta donde solía haber árboles (podía percibirse el recuerdo de sus formas por doquier), sentada en el centro de la «sala de estar». La sala de estar ¡Qué nombre más bien escogido! Llegara cuando llegara, allí estaba Mildred, escuchando cómo las paredes le hablaban.

—¡Hay que hacer algo!

—Sí, hay que *hacer* algo.

—¡Bueno, no nos quedemos aquí hablando!

—¡*Hagámoslo*!

—¡Estoy tan furioso que sería capaz de *escupir*!

¿A qué venía aquello? Mildred no hubiese sabido decirlo. ¿Quién estaba furioso contra quién?

Mildred no lo sabía bien. ¿Qué haría? «Bueno —se dijo Mildred—, esperemos y veamos.»

Él había esperado para ver.

Una gran tempestad de sonidos surgió de las paredes. La música le bombardeó con un volumen tan intenso, que sus huesos casi se desprendieron de los tendones; sintió que le vibraba la mandíbula que los ojos retemblaban en su cabeza. Era víctima de una conmoción. Cuando todo hubo pasado, se sintió como un hombre que había sido arrojado desde un acantilado, sacudido en una centrifugadora y lanzado a una catarata que caía y caía hacia el vacío sin llegar nunca a tocar el fondo, nunca, no del todo; y se caía tan aprisa que tampoco se tocaban los lados, nunca, nunca se tocaba nada.

El estrépito fue apagándose. La música cesó.

—Ya está —dijo Mildred.

Y, desde luego, era notable. Algo había ocurrido. Aunque en las paredes de la habitación apenas nada se había movido y nada se había resuelto en realidad, se tenía la impresión de que alguien había puesto en marcha una lavadora o que uno había sido absorbido por un gigantesco aspirador. Uno se ahogaba en música, y en pura cacofonía. Montag salió de la habitación, sudando y al borde del colapso. A su espalda, Mildred estaba sentada en su butaca, y las voces volvían a sonar:

—Bueno, ahora todo irá bien —decía una «tía».

—Oh, no estés demasiado segura —replicaba un «primo».

—Vamos, no te enfades.

—¿Quién se enfada?

—¡Tú!

—¿Yo?

—¡Tú estás furioso!

—¿Por qué habría de estarlo?

—¡Porque sí!

—¡Está muy bien! —gritó Montag—. Pero, ¿por qué están furiosos? ¿Quién *es* esa gente? ¿Quién es ese hombre y quién es esa mujer? ¿Son marido y mujer, están divorciados, prometidos o qué? Válgame Dios, nada tiene relación.

—Ellos... —dijo Mildred—. Bueno, ellos.... ellos han tenido esta pelea, ya lo has visto. Desde luego, discuten mucho. Tendrías que oírlos. Creo que están casados. Sí, están casados. ¿Por qué?

Y si no se trataba de las tres paredes que pronto se convertirían en cuatro para completar el sueño, entonces, era el coche descubierto y Mildred conduciendo a ciento cincuenta kilómetros por hora a través de la ciudad, él gritándole y ella respondiendo a sus gritos, mientras ambos trataban de oír lo que decían, pero oyendo sólo el rugido del vehículo.

—¡Por lo menos, llévalo al mínimo! —vociferaba Montag.

—¿Qué? —preguntaba ella.

—¡Llévalo al mínimo, a ochenta! —gritaba él.

—¿Qué? —chillaba ella.

—¡Velocidad! —berreaba él.

Y ella aceleró hasta ciento setenta kilómetros por hora y dejó a su marido sin aliento.

Cuando se apearon del vehículo, ella se había puesto la radio auricular.

Silencio. Sólo el viento soplaba suavemente.

—Mildred.

Montag rebulló en la cama. Alargó una mano y sacó de la oreja de ella una de las diminutas piezas musicales.

—Mildred. ¡Mildred!

—Sí.

La voz de ella era débil.

Montag sintió que era una de las criaturas insertadas electrónicamente entre las ranuras de las paredes de fonocolor, que hablaba, pero que sus palabras no atravesaban la barrera de cristal. Sólo podía hacer una pantomima, con la esperanza de que ella se volviera y le viese. A través del cristal, les era imposible establecer contacto.

—Mildred, ¿te acuerdas de esa chica de la que te he hablado?

—¿Qué chica?

Mildred estaba casi dormida.

—La chica de al lado.

—¿Qué chica de al lado?

—Ya sabes, la que estudia. Se llama Clarisse.

—¡Oh, sí!

—Hace unos días que no la veo. Cuatro para ser exactos. ¿La has visto tú?

—No.

—Quería hablarte de ella. Es extraño.

—Oh, sé a quién te refieres.

—Estaba seguro de ello.

—Ella —dijo Mildred, en la oscuridad.

—¿Qué sucede? —preguntó Montag.

—Pensaba decírtelo. Me he olvidado. Olvidado.

—Dímelo ahora. ¿De qué se trata?

—Creo que ella se ha ido.

—¿Ido?

—Toda la familia se ha trasladado a otro sitio. Pero ella se ha ido para siempre, creo que ha muerto.

—No podemos hablar de la misma muchacha.

—No. La misma chica. McClellan. McClellan. Atropellada por un automóvil. Hace cuatro días. No estoy segura. Pero creo que ha muerto. De todos modos, la familia se ha trasladado. No lo sé. Pero creo que ella ha muerto.

—¡No estás segura de eso!

—No, segura, no. Pero creo que es así.

—¿Por qué no me lo has contado antes?

—Lo olvidé.

—¡Hace cuatro días!

—Lo olvidé por completo.

—Hace cuatro días —repitió él, quedamente, tendido en la cama.

Permanecieron en la oscura habitación, sin moverse.

—Buenas noches —dijo ella.

Montag oyó un débil roce. Las manos de la mujer se movieron. El auricular se movió sobre la almohada como una mantis religiosa, tocado por la mano de ella. Después, volvió a estar en su oído, zumbando ya.

Montag escuchó y su mujer canturreaba entre dientes.

Fuera de la casa, una sombra se movió, un viento otoñal sopló y amainó en seguida. Peró había algo más en el silencio que él oía. Era como un aliento exhalado contra la ventana. Era como el débil oscilar de un humo verdoso luminiscente, el movimiento de una gigantesca hoja de octubre empujada sobre el césped y alejada.

«El Sabueso —pensó Montag—, esta noche, está ahí fuera. Ahora, está ahí fuera. Si abriese la ventana…»

Pero no la abrió.

Por la mañana, tenía escalofríos y fiebre.

—No es posible que estés enfermo —dijo Mildred.

Él cerró los ojos.

—Sí.

—¡Anoche estabas perfectamente!

—No, no lo estaba.

Montag oyó cómo «los parientes» gritaban en la sala de estar.

Mildred se inclinó sobre su cama, llena de curiosidad. Él percibió su presencia, la vio sin abrir los ojos. Vio su cabello quemado por los productos químicos hasta adquirir un color de paja quebradiza, sus ojos con una especie de catarata invisible pero que se podía adivinar muy detrás de las pupilas, los rojos labios, el cuerpo tan delgado como el de una mantis religiosa, a causa de la dieta, y su carne como tocino blanco. No podía recordarla de otra manera.

—¿Querrás traerme aspirinas y agua?

—Tienes que levantarte —replicó ella—. Son las doce del mediodía. Has dormido cinco horas más de lo acostumbrado.

—¿Quieres desconectar la sala de estar? —solicitó Montag.

—Se trata de mi familia.

—¿Quieres desconectarla por un hombre enfermo?

—Bajaré el volumen del sonido.

Mildred salió de la habitación, no hizo nada en la sala de estar y regresó.

—¿Está mejor así?

—Gracias.

—Es mi programa favorito —explicó ella.

—¿Y la aspirina?

—Nunca habías estado enfermo.

Volvió a salir.

—Bueno, pues ahora lo estoy. Esta noche no iré a trabajar. Llama a Beatty de mi parte.

—Anoche, te portaste de un modo muy extraño.

Mildred regresó canturreando.

—¿Dónde está la aspirina?

—¡Oh! —La mujer volvió al cuarto de baño—. ¿Ocurrió algo?

—Sólo un incendio.

—Yo pasé una velada agradable —dijo ella, desde el cuarto de baño.

—¿Haciendo qué?

—En la sala de estar.

—¿Qué había?

—Programas.

—¿Qué programas?

—Algunos de los mejores.

—¿Con quién?

—Oh, ya sabes, con todo el grupo.

—Sí, el grupo, el grupo, el grupo.

Él se oprimió el dolor que sentía en los ojos y, de repente, el olor a petróleo le hizo vomitar.

Mildred regresó, canturreando. Quedó sorprendida.

—¿Por qué has hecho esto?

Montag miró, abatido, el suelo.

—Quemamos a una vieja con sus libros.

—Es una suerte que la alfombra sea lavable —cogió una escoba de fregar y limpió la alfombra—. Anoche, fui a casa de Helen.

—¿No podías ver las funciones en tu propia sala de estar?

—Desde luego, pero es agradable hacer visitas.

Mildred volvió a la sala. Él la oyó cantar.

—¡Mildred! —llamó.

Ella regresó, cantando, haciendo chasquear suavemente los dedos.

—¿No me preguntas nada sobre lo de anoche? —dijo.

—¿Sobre qué?

—Quemamos un millar de libros. Quemamos a una mujer.

—¿Y qué?

La sala de estar estallaba de sonidos.

—Quemamos ejemplares de Dante, de Swift y de Marco Aurelio.

—¿No era éste un europeo?

—Algo por el estilo.

—¿No era radical?

—Nunca llegué a leerlo.

—Era un radical. —Mildred jugueteó con el teléfono—. No esperarás que llame al capitán. Beatty, ¿verdad?

—¡Tienes que hacerlo!

—¡No grites!

—No gritaba. —Montag se había incorporado en la cama, repentinamente enfurecido, congestionado, sudoroso. La sala de estar retumbaba en la atmósfera caliente—. No puedo decirle que estoy enfermo.

—¿Por qué?

«Porque tienes miedo», pensó él. Un niño que se finge enfermo, temeroso de llamar porque, después de una breve discusión, la conversación tomaría este giro: «Sí, capitán, ya me siento mejor. Estaré ahí esta noche, a las diez.»

—No estás enfermo —insistió Mildred.

Montag se dejó caer en la cama. Metió la mano bajo la almohada. El libro oculto seguía allí.

—Mildred, ¿qué te parecería si, quizá, dejase mi trabajo por algún tiempo?

—¿Quieres dejarlo todo? Después de todos esos años de trabajar, porque, una noche, una mujer, y sus libros...

—¡Hubieses tenido que verla, Millie!

—Ella no es nada para mí. No hubiese debido tener libros. Ha sido culpa de ella, hubiese tenido que pensarlo antes. La odio. Te ha sacado de tus casillas y antes de que te des cuenta, estaremos en la calle, sin casa, sin empleo, sin nada.

—Tú no estabas allí, tú no la *viste* —insistió él—. Tiene que haber algo en los libros, cosas que no podemos imaginar para hacer que una mujer permanezca en una casa que arde. Ahí tiene que haber algo. Uno no se sacrifica por nada.

—Esa mujer era una tonta.

—Era tan sensata como tú y como yo, quizá más, y la quemamos.

—Agua pasada no mueve molino.

—No, agua no, fuego. ¿Has visto alguna casa quemada? Humea durante días. Bueno, no olvidaré ese incendio en toda mi vida. ¡Dios! Me he pasado la noche tratando de apartarlo de mi cerebro. Estoy loco de tanto intentarlo.

—Hubieses debido pensar en eso antes de hacerte bombero.

—¡Pensar! ¿Es que pude escoger? Mi abuelo y mi padre eran bomberos. En mi sueño, corrí tras ellos.

La sala de estar emitía una música bailable.

—Hoy es el día en que tienes el primer turno —dijo Mildred—. Hubieses debido marcharte hace dos horas. Acabo de recordarlo.

—No se trata sólo de la mujer que murió —dijo Montag—. Anoche, estuve meditando sobre todo el petróleo que he usado en los últimos diez años. Y también en los libros. Y, por primera vez, me di cuenta de que había un hombre detrás de cada uno de ellos. Un hombre tuvo que haberlo ideado. Un hombre tuvo que emplear mucho tiempo en trasladarlo al papel. Y ni siquiera se me había ocurrido esto hasta ahora.

Montag saltó de la cama.

—Quizás algún hombre necesitó toda una vida para reunir varios de sus pensamientos, mientras contemplaba el mundo y la existencia, y, entonces, me presenté yo y en dos minutos, ¡zas!, todo liquidado.

—Déjame tranquila —dijo Mildred—. Yo no he hecho nada.

—¡Dejarte tranquila! Esto está muy bien, pero, ¿cómo puedo dejarme tranquilo a mí mismo? No necesitamos que nos dejen tranquilos. De cuando en cuando, precisamos estar seriamente preocupados. ¿Cuánto tiempo hace que no has tenido una *verdadera* preocupación? ¿Por algo importante, por algo real?

Y, luego calló, porque se acordó de la semana pasada, y las dos piedras blancas que miraban hacia el techo y la bomba con aspecto de serpiente, los dos hombres de rostros impasibles, con los cigarrillos que se movían en su boca cuando hablaban. Pero aquélla era otra Mildred, una Mildred tan metida dentro de la otra, y tan preocupada, auténticamente preocupada, que ambas mujeres nunca habían llegado a encontrarse. Montag se volvió.

—Bueno, ya lo has conseguido —dijo Mildred—. Ahí, frente a la casa. Mira quién hay.

—No me interesa.

—Acaba de detenerse un automóvil «Fénix», y se acerca un hombre en camisa negra con una serpiente anaranjada dibujada en el brazo.

—¿El capitán Beatty?

—El capitán Beatty.

Montag no se movió, y siguió contemplando la fría blancura de la pared que quedaba delante de él.

—¿Quieres hacerle pasar? Dile que estoy enfermo.

—¡Díselo tú!

Ella corrió unos cuantos pasos en un sentido, otros pasos en otro y se detuvo con los ojos abiertos cuando el altavoz de la puerta de entrada pronunció su nombre suavemente, suavemente, «Mrs. Montag, Mrs. Montag, aquí hay alguien, aquí hay alguien, Mrs. Montag, Mrs. Montag, aquí hay alguien».

Montag se cercioró de que el libro estaba bien oculto detrás de la almohada, regresó lentamente a la cama, se alisó el cobertor sobre las rodillas y el pecho, semiincorporado; y, al cabo de un rato, Mildred se movió y salió de la habitación, en la que entró el capitán Beatty con las manos en los bolsillos.

—Ah, hagan callar a esos «parientes» —dijo Beatty, mirándolo todo a su alrededor, exceptuados Montag y su esposa.

Esta vez, Mildred corrió. Las voces gemebundas cesaron de gritar en la sala.

El capitán Beatty se sentó en el sillón más cómodo, con una expresión apacible en su tosco rostro. Preparó y encendió su pipa de bronce con calma y lanzó una gran bocanada de humo.

—Se me ha ocurrido que vendría a ver cómo sigue el enfermo.

—¿Cómo lo ha adivinado?

Beatty sonrió y descubrió al hacerlo las sonrojadas encías y la blancura y pequeñez de sus dientes.

—Lo he visto todo. Te disponías a llamar para pedir la noche libre.

Montag se sentó en la cama.

—Bien —dijo Beatty—. ¡Coge la noche!

Examinó su eterna caja de cerillas, en cuya tapa decía GARANTIZADO: UN MILLÓN DE LLAMAS EN ESTE ENCENDEDOR, y empezó a frotar, abstraído, la cerilla química, a apagarla de un soplo, encenderla, apagarla, encenderla, a decir unas cuantas palabras, a apagarla. Contempló la llama. Sopló, observó el humo.

—¿Cuándo estarás bien?

—Mañana. Quizá pasado mañana. A primeros de semana.

Beatty chupó su pipa.

—Tarde o temprano, a todo bombero le ocurre esto. Sólo necesita comprensión, saber cómo funcionan las ruedas. Necesitan conocer la historia de nuestra profesión. Ahora, no se la cuentan a los niños como solían hacer antes. Es una vergüenza. —Exhaló una bocanada—. Sólo los jefes de bomberos la recuerdan ahora. —Otra bocanada—. Voy a contártela.

Mildred se movió inquieta.

bre ya no dispone de todo ese tiempo para pensar mientras se viste, una hora filosófica y, por lo tanto, una hora de melancolía.

—A ver —dijo Mildred.

—Márchate —replicó Montag.

—La vida se convierte en una gran carrera, Montag. Todo se hace aprisa, de cualquier modo.

—De cualquier modo —repitió Mildred, tirando de la almohada.

—¡Por amor de Dios, déjame tranquilo! —gritó Montag, apasionadamente.

A Beatty se le dilataron los ojos.

La mano de Mildred se había inmovilizado detrás de la almohada. Sus dedos seguían la silueta del libro y a medida que la forma le iba siendo familiar, su rostro apareció sorprendido y, después, atónito. Su boca se abrió para hacer una pregunta...

—Vaciar los teatros excepto para que actúen payasos, e instalar en las habitaciones paredes de vidrio y bonitos colores que suben y bajan, como confeti, sangre, jerez o sauterne. Te gusta la pelota base, ¿verdad, Montag?

—La pelota base es un juego estupendo.

Ahora Beatty era casi invisible, sólo una voz en algún punto, detrás de una cortina de humo.

—¿Qué es esto? —preguntó Mildred, casi con alegría. Montag se echó hacia atrás y cayó sobre los brazos de ella—. ¿Qué hay aquí?

—¡Siéntate! —gritó Montag. Ella se apartó de un salto, con las manos vacías—. ¡Estamos hablando!

Beatty prosiguió como si nada hubiese ocurrido.

—Te gustan los bolos, ¿verdad, Montag?

—Los bolos, sí.

—¿Y el golf?

—El golf es un juego magnífico.

—¿Baloncesto?

—Un juego magnífico.

—¿Billar? ¿Fútbol?

—Todos son excelentes.

—Más deportes para todos, espíritu de grupo, diversión, y no hay necesidad de pensar, ¿eh? Organiza y superorganiza superdeporte. Más chistes en los libros. Más ilustraciones. La mente absorbe menos y menos. Impaciencia. Autopistas llenas de multitudes que van a algún sitio, a algún sitio, a algún sitio, a ningún sitio. El refugio de la gasolina. Las ciudades se convierten en moteles, la gente siente impulsos nómadas y va de un sitio para otro, siguiendo las mareas, viviendo una noche en la habitación donde otro ha dormido durante el día y el de más allá la noche anterior.

Mildred salió de la habitación y cerró de un portazo. Las «tías» de la sala de estar empezaron a reírse de los «tíos» de la sala de estar.

—Ahora, consideremos las minorías en nuestra civilización. Cuanto mayor es la población, más minorías hay. No hay que meterse con los aficionados a los perros, a los gatos, con los médicos, abogados, comerciantes, cocineros, mormones, bautistas, unitarios, chinos de segunda generación, suecos, italianos, alemanes, tejanos, irlandeses, gente de Oregón o de México. En este libro, en esta obra, en este serial de Televisión la gente no quiere representar a ningún pintor cartógrafo o mecánico que exista en la realidad. Cuanto mayor es el mercado, Montag, menos hay que hacer frente a la controversia, recuerda esto. Todas las minorías menores con sus ombligos que hay que mantener limpios. Los autores, llenos de malignos pensamientos, aporrean las máquinas de escribir. Eso *hicieron*. Las revistas se convirtieron en una masa insulsa y amorfa. Los libros según dijeron los críticos esnobs, eran como agua sucia. No es *extraño* que los libros dejaran de venderse, decían los críticos. Pero el público, que sabía lo que quería, permitió la supervivencia de los libros de historietas. Y de las revistas eróticas tridimensionales, claro está. Ahí tienes, Montag. No era una imposición del Gobierno. No hubo ningún dictado, ni declaración, ni censura, no. La tecnología, la explotación de las masas y la presión de las minorías produjo el fenómeno, a Dios gracias. En la actualidad, gracias a todo ello, uno puede ser feliz continuamente, se le permite leer historietas ilustradas o periódicos profesionales.

—Sí, pero, ¿qué me dice de los bomberos?

—Ah. —Beatty se inclinó hacia delante entre la débil neblina producida por su pipa—. ¿Qué es más fácil de explicar y más lógico? Como las universidades producían más corredores, saltadores, boxeadores, aviadores y nadadores, en vez de profesores, críticos, sabios y creadores, la palabra «intelectual», claro está, se convirtió en el insulto que merecía ser. Siempre se teme a lo desconocido. Sin duda, te acordarás del muchacho de tu clase que era excepcionalmente «inteligente», que recitaba la mayoría de las lecciones y daba las respuestas, en tanto que los demás permanecían como muñecos de barro, y le detestaban. ¿Y no era ese muchacho inteligente al que escogían para pegar y atormentar después de las horas de clase? Desde luego que sí. Hemos de ser todos iguales. No todos nacimos libres e iguales, como dice la Constitución, sino todos *hechos* iguales. Cada hombre, la imagen de cualquier otro. Entonces, todos son felices, porque no pueden establecerse diferencias ni comparaciones desfavorables. ¡Ea! Un libro es un arma cargada en la casa de al lado. Quémalo. Quita el proyectil del arma. Domina la mente del hombre. ¿Quién sabe cuál podría ser el objetivo del hombre que leyese mucho? ¿Yo? No los resistiría ni un minuto. Y así, cuando, por último, las casas fueron totalmente inmunizadas contra el fuego, en el mundo entero (la otra noche tenías razón en tus conjeturas) ya no hubo necesidad de bomberos para el antiguo trabajo. Se les dio una nueva misión, como custodios de nuestra tranquilidad de espíritu, de nuestro pequeño, comprensible y justo temor de ser inferiores. Censores oficiales, jueces y ejecutores. Eso eres tú, Montag. Y eso soy yo.

La puerta que comunicaba con la sala de estar se abrió y Mildred asomó, miró a los dos hombres, y se fijó en Beatty y, después, en Montag. A su espalda, las paredes de la pieza estaban inundadas de resplandores verdes, amarillos y anaranjados que oscilaban y estallaban al ritmo de una música casi exclusivamente compuesta por baterías, tambores y címbalos. Su boca se movía y estaba diciendo algo, pero el sonido no permitía oírla.

Beatty vació su pipa en la palma de su mano sonrosada, examinó la ceniza como si fuese un símbolo que había que examinar en busca de algún significado.

—Has de comprender que nuestra civilización es tan vasta que no podemos permitir que nuestras minorías se alteren o exciten. Pregúntate a ti mismo: ¿Qué queremos en esta nación, por encima de todo? La gente quiere ser feliz, ¿no es así? ¿No lo has estado oyendo toda tu vida? «Quiero ser feliz», dice la gente. Bueno, ¿no lo son? ¿No les mantenemos en acción, no les proporcionamos diversiones? Eso es para lo único que vivimos, ¿no? ¿Para el placer y las emociones? Y tendrás que admitir que nuestra civilización se lo facilita en abundancia.

—Sí.

Montag pudo leer en los labios de Mildred lo que ésta decía desde el umbral. Trató de no mirar la boca de ella, porque, entonces, Beatty podía volverse y leer también lo que decía.

—A la gente de color no le gusta *El pequeño Sambo*. A quemarlo. La gente blanca se siente incómoda con *La cabaña del tío Tom*. A quemarlo. ¿Alguien escribe un libro sobre el tabaco y el cáncer de pulmón? ¿Los fabricantes de cigarrillos se lamentan? A quemar el libro. Serenidad, Montag. Líbrate de tus tensiones internas. Mejor aún, lánzalas al incinerador. ¿Los funerales son tristes y paganos? Eliminémoslos también. Cinco minutos después de la muerte de una persona, está en camino hacia la Gran Chimenea, los incineradores son abastecidos por helicópteros en todo el país. Diez minutos después de la muerte, un hombre es una nube de polvo negro. No sutilicemos con recuerdos acerca de los individuos. Olvidémoslos. Quemémoslo todo, absolutamente todo. El fuego es brillante y limpio.

Los fuegos artificiales se apagaron en la sala de estar, detrás de Mildred. Al mismo tiempo, ella había dejado de hablar; una coincidencia milagrosa. Montag contuvo el aliento.

—Había una muchacha, ahí, al lado —dijo con lentitud—. Ahora, se ha marchado, creo que ha muerto. Ni siquiera puedo recordar su rostro. Pero era distinta. ¿Cómo... cómo pudo *llegar* a existir?

Beatty sonrió.

—Aquí o allí, es fatal que ocurra. ¿Clarisse McClellan? Tenemos ficha de toda su familia. Les hemos vigilado cuidadosamente. La herencia y el medio ambiente hogareño puede deshacer mucho de lo que se inculca en el colegio. Por eso hemos ido bajando, año tras año, la edad de ingresar en el parvulario, hasta que, ahora, casi arrancamos a los pequeños de la cuna. Tuvimos varias falsas alarmas con los McClellan, cuando vivían en Chicago. Nunca les encontramos un libro. El tío tiene un historial confuso, es antisocial. ¿La muchacha? Es una bomba de relojería. La familia había estado influyendo en su subconsciente, estoy seguro, por lo que pude ver en su historial escolar. Ella no quería saber cómo se hacía algo sino *por qué*. Esto puede resultar embarazoso. Se pregunta el porqué de una serie de cosas y se termina sintiéndose muy desdichado. Lo mejor que podía pasarle a la pobre chica era morirse.

—Sí, morirse.

—Afortunadamente, los casos extremos como ella no aparecen a menudo. Sabemos cómo eliminarlos en embrión. No se puede construir una casa sin clavos en la madera. Si no quieres que un hombre se sienta políticamente desgraciado, no le enseñes dos aspectos de una misma cuestión, para preocuparle; enséñale sólo uno. O, mejor aún, no le des ninguno. Haz que olvide que existe una cosa llamada guerra. Si el Gobierno es poco eficiente, excesivamente intelectual o aficionado a aumentar los impuestos, mejor es que sea todo eso que no que la gente se preocupe por ello. Tranquilidad, Montag.

Dale a la gente concursos que puedan ganar recordando la letra de las canciones más populares, o los nombres de las capitales de Estado o cuánto maíz produjo Iowa el año pasado. Atibórralo de datos no combustibles, lánzales encima tantos «hechos» que se sientan abrumados, pero totalmente al día en cuanto a información. Entonces, tendrán la sensación de que piensan, tendrán la impresión de que se mueven sin moverse. Y serán felices, porque los hechos de esta naturaleza no cambian. No les des ninguna materia delicada como Filosofía o la Sociología para que empiecen a atar cabos. Por ese camino, se encuentra la melancolía. Cualquier hombre que pueda desmontar un mural de televisión y volver a armarlo luego, y, en la actualidad, la mayoría de los hombres pueden hacerlo, es más feliz que cualquier otro que trate de medir, calibrar y sopesar el Universo, que no puede ser medido ni sopesado sin que un hombre se sienta bestial y solitario. Lo sé, lo he intentado. ¡Al diablo con ello! Así, pues, adelante con los clubs y las fiestas, los acróbatas y los prestidigitadores, los coches a reacción, las bicicletas, helicópteros, el sexo y las drogas, más de todo lo que esté relacionado con los reflejos automáticos. Si el drama es malo, si la película no dice nada, si la comedia carece de sentido, dame una inyección de teramina. Me parecerá que reacciono con la obra, cuando sólo se trata de una reacción táctil a las vibraciones. Pero no me importa. Prefiero un entretenimiento completo.

Beatty se puso en pie.

—He de marcharme. El sermón ha terminado. Espero haber aclarado conceptos. Lo que importa que recuerdes, Montag, es que tú, yo, y los demás somos los Guardianes de la Felicidad. Nos enfrentamos con la pequeña marea de quienes desean que todos se sientan desdichados con teorías y pensamientos contradictorios. Tenemos nuestros dedos en el dique. Hay que aguantar firme. No permitir que el torrente de melancolía y la funesta Filosofía ahoguen nuestro mundo. Dependemos de ti. No creo que te des cuenta de lo importante que eres para nuestro mundo feliz, tal como está ahora organizado.

Beatty estrechó la fláccida mano de Montag. Éste permanecía sentado, como si la casa se derrumbara a su alrededor y él no pudiera moverse. Mildred había desaparecido en el umbral.

—Una cosa más —dijo Beatty—. Por lo menos, una vez en su carrera siente esa comezón. Empieza a preguntarse qué *dicen* los libros. Oh, hay que *aplacar* esa comezón, ¿eh? Bueno, Montag, puedes creerme, he tenido que leer algunos libros en mi juventud, para saber de qué trataban. Y los libros no dicen *nada*. Nada que pueda enseñarse o creerse. Hablan de gente que no existe, de entes imaginarios, si se trata de novelas. Y si no lo son, aún peor: un profesor que llama idiota a otro, un filósofo que critica al de más allá. Y todos arman jaleo, apagan las estrellas y extinguen el sol. Uno acaba por perderse.

—Bueno, entonces, ¿qué ocurre si un bombero, accidentalmente, sin proponérselo en realidad, se lleva un libro a su casa?

Montag se crispó. La puerta abierta le miraba con su enorme ojo vacío.

—Un error lógico. Pura curiosidad —replicó Beatty—. No nos preocupamos ni enojamos en exceso. Dejamos que el bombero guarde el libro veinticuatro horas. Si para entonces no lo ha hecho él, llegamos nosotros y lo quemamos.

—Claro.

La boca de Montag estaba reseca.

—Bueno, Montag. ¿Quieres coger hoy otro turno? ¿Te veremos esta noche?

—No lo sé —dijo Montag.

—¿Qué?

Beatty se mostró levemente sorprendido.

Montag cerró los ojos.

—Más tarde iré. Quizá.

—Desde luego, si no te presentaras, te echaríamos en

falta —dijo Beatty, guardándose la pipa en un bolsillo con expresión pensativa.

«Nunca volveré a comparecer por allí», pensó Montag.

—Bueno, que te alivies —dijo Beatty.

Dio la vuelta y se marchó.

Montag vigiló por la ventana la partida de Beatty en su vehículo de brillante color amarillo anaranjado, con los neumáticos negros como el carbón.

Al otro lado de la calle, hacia abajo, las casas se erguían con sus lisas fachadas. ¿Qué había dicho Clarisse, una tarde? «Nada de porches delanteros. Mi tío dice que antes solía haberlos. Y la gente, a veces, se sentaba por las noches en ellos, charlando cuando así lo deseaba, meciéndose, y guardando silencio cuando no quería hablar. Otras veces, permanecían allí sentados, meditando sobre las cosas. Mi tío dice que los arquitectos prescindieron de los porches frontales porque estéticamente no resultaban. Pero mi tío asegura que éste fue sólo un pretexto. El verdadero motivo, el motivo oculto, pudiera ser que no querían que la gente se sentara de esta manera, sin hacer nada, meciéndose y hablando. Éste era el aspecto malo de la vida social. La gente hablaba demasiado. Y tenía tiempo para pensar. Entonces, eliminaron los porches.Y también los jardines. Ya no más jardines donde poder acomodarse. Y fíjese en el mobiliario. Ya no hay mecedoras. Resultan demasiado cómodas. Lo que conviene es que la gente se levante y ande por ahí. Mi tío dice... Y mi tío... Y mi tío...»

La voz de ella fue apagándose.

Montag se volvió y miró a su esposa, quien sentada en medio de la sala de estar, hablaba a un presentador, quien, a su vez, le hablaba a ella.

—Mrs. Montag —decía él. Esto, aquello y lo de más allá—. Mrs. Montag...

Algo más, y vuelta a empezar. El aparato conversor que les había costado un centenar de dólares, suministraba automáticamente el nombre de ella siempre que el presentador se dirigía a su auditorio anónimo, dejando un breve silencio para que pudieran encajarse las sílabas adecuadas. Un mezclador especial conseguía, también, que la imagen televisada del presentador, en el área inmediata a sus labios, articulara, magníficamente, las vocales y consonantes. Era un amigo, no cabía la menor duda de ello, un buen amigo.

—Mrs. Montag, ahora mire hacia aquí.

Mildred volvió la cabeza. Aunque era obvio que no estaba escuchando.

—Sólo hay un paso entre no ir a trabajar hoy, no ir a trabajar mañana y no volver a trabajar nunca en el cuartel de bomberos —dijo Montag.

—Pero, esta noche, irás al trabajo, ¿verdad? —preguntó Mildred.

—Aún no estoy decidido. En este momento, tengo la horrible sensación de que deseo destrozar todas las cosas que están a mi alcance.

—Date un paseo con el auto.

—No, gracias.

—Las llaves están en la mesilla de noche. Cuando me siento de esta manera, siempre me gusta conducir aprisa. Pones el coche a ciento cincuenta por hora y experimentas una sensación maravillosa. A veces, conduzco toda la noche, regreso al amanecer y tú ni te has enterado. Es divertido salir al campo. Se aplastan conejos. A veces, perros. Ve a coger el auto.

—No, ahora no me apetece. Quiero estudiar esta sensación tan curiosa. ¡Caramba! ¡Me ha dado muy fuerte! No sé lo que es. ¡Me siento tan condenadamente infeliz, tan furioso! E ignoro por qué tengo la impresión de que estuviera ganando peso. Me siento gordo. Como si hubiese estado ahorrando una serie de cosas, y ahora no supiese cuáles. Incluso sería capaz de empezar a leer.

—Te meterían en la cárcel, ¿verdad?

Ella le miró como si Montag estuviese detrás de la pared de cristal.

Montag empezó a ponerse la ropa; se movía, intranquilo, por el dormitorio.

—Sí, y quizá fuese una buena idea. Antes de que cause daño a alguien. ¿Has oído a Beatty? ¿Le has escuchado? Él sabe todas las respuestas. Tienes razón. Lo importante es la felicidad. La diversión lo es todo. Y, sin embargo, sigo aquí sentado, diciéndome que no soy feliz, que no soy feliz.

—Yo sí lo soy. —Los labios de Mildred sonrieron—. Y me enorgullezco de ello.

—He de hacer algo —dijo Montag—. Todavía no sé qué, pero será algo grande.

—Estoy cansada de escuchar estas tonterías —dijo Mildred, volviendo a concentrar su atención en el presentador.

Montag tocó el control de volumen de la pared y el presentador se quedó sin voz.

—Millie. —Hizo una pausa—. Ésta es tu casa lo mismo que la mía. Considero justo decirte algo. Hubiera debido hacerlo antes, pero ni siquiera lo admitía interiormente. Tengo algo que quiero que veas, algo que he separado y escondido durante el año pasado, de cuando en cuando, al presentarse una oportunidad, sin saber por qué, pero también sin decírtelo nunca.

Montag cogió una silla de recto respaldo, la desplazó lentamente hasta el vestíbulo, cerca de la puerta de entrada, se encaramó en ella, y permaneció por un momento como una estatua en un pedestal, en tanto que su esposa, con la cabeza levantada, le observaba. Entonces, Montag levantó los brazos, retiró la reja del sistema de acondicionamiento de aire y metió la mano muy hacia la derecha hasta mover otra hoja deslizante de metal; después, sacó un libro. Sin mirarlo, lo dejó caer al suelo. Volvió a meter la mano y sacó dos libros, bajó la mano y los dejó caer al suelo. Siguió actuando y dejando caer libros, pequeños, grandes, amarillos, rojos, verdes. Cuando hubo terminado, miró la veintena de libros que yacían a los pies de su esposa.

—Lo siento —dijo—. Nunca me había detenido a meditarlo. Pero, ahora, parece como si ambos estuviésemos metidos en esto.

Mildred retrocedió como si, de repente, se viese delante de una bandada de ratones que hubiese surgido de improviso del suelo.

Montag oyó la rápida respiración de ella, vio la palidez de su rostro y cómo sus ojos se abrían de par en par. Ella pronunció su nombre, dos, tres veces. Luego, exhalando un gemido, se adelantó corriendo, cogió un libro y se precipitó hacia el incinerador de la cocina.

Montag la detuvo, mientras ella chillaba. La sujetó y Mildred trató de soltarse arañándole.

—¡No, Millie, no! ¡Espera! ¡Detente! Tú no sabes... ¡Cállate!

La abofeteó, la cogió de nuevo y la sacudió.

Ella pronunció su nombre y empezó a llorar.

—¡Millie! —dijo Montag—. Escucha. ¿Quieres concederme un segundo? No podemos hacer nada. No podemos quemarlos. Quiero examinarlos, por lo menos, una vez. Luego, si lo que el capitán dice es cierto, los quemaremos juntos, créeme, los quemaremos entre los dos. Tienes que ayudarme. —Bajó la mirada hacia el rostro de ella y, cogiéndole la barbilla, la sujetó con firmeza. No sólo la miraba, sino que, en el rostro de ella, se buscaba a sí mismo e intentaba averiguar también lo que debía hacer—. Tanto si nos gusta como si no, estamos metidos en esto. Durante estos años no te he pedido gran cosa, pero ahora te lo pido, te lo suplico. Tenemos que empezar en algún punto, tratar de adivinar por qué sentimos esta confusión, tú y la medicina por las noches, y el automóvil, y yo con mi trabajo. Nos encaminamos directamente al precipicio, Millie. ¡Dios mío, no quiero caerme! Esto no resultará fácil. No tenemos nada en que apoyarnos, pero quizá podamos analizarlo, intuirlo y ayudarnos mutuamente. No puedes imaginar cuánto te necesito en este momento. Si me amas un poco, admitirás esto durante veinticuatro, veintiocho horas, es todo lo que te pido. Y, luego, habrá terminado. ¡Te lo prometo, te lo juro! Y si aquí hay algo, algo positivo en toda esta cantidad de cosas, quizá podamos transmitirlo a alguien.

Ella ya no forcejeaba; Montag la soltó. Mildred retrocedió, tambaleándose, hasta llegar a la pared. Y una vez allí, se deslizó y quedó sentada en el suelo, contemplando los libros. Su pie rozaba uno, y, al notarlo, se apresuró a echarlo hacia atrás.

—Esa mujer de la otra noche, Millie... Tú no estuviste allí. No viste su rostro. Y Clarisse. Nunca llegaste a hablar con ella. Yo, sí. Y hombres como Beatty le tienen miedo. No puedo entenderlo. ¿Por qué han de sentir tanto temor por alguien como ella? Pero yo seguía colocándola a la altura de los bomberos en el cuartel, cuando anoche comprendí, de repente, que no me gustaban nada en absoluto, y que tampoco yo mismo me gustaba. Y pensé que quizá fuese mejor que quienes ardiesen fueran los propios bomberos.

—¡Guy!

El altavoz de la puerta de la calle dijo suavemente:

—Mrs. Montag, Mrs. Montag, aquí hay alguien, aquí hay alguien, Mrs Montag, Mrs. Montag, aquí hay alguien.

Suavemente.

Ambos se volvieron para observar la puerta. Y los libros estaban desparramados por doquier, formando, incluso, montones.

—¡Beatty! —exclamó Mildred.

—No puede ser él.

—¡Ha regresado! —susurró ella.

La voz volvió a llamar suavemente:

—Hay alguien aquí..

—No contestaremos.

Montag se recostó en la pared, y, luego, con lentitud, fue resbalando hasta quedar en cuclillas. Entonces, empezó a acariciar los libros, distraídamente, con el pulgar y el índice. Se estremecía y, por encima de todo, deseaba volver a guardar los libros en el hueco del ventilador, pero comprendió que no podría enfrentarse de nuevo con Beatty. Montag acabó por sentarse, en tanto que la voz de la puerta de la calle volvía a hablar, con mayor insistencia. Montag cogió del suelo un volumen pequeño.

—¿Por dónde empezamos? —Abrió a medias un libro y le echó una ojeada—. Supongo que tendremos que empezar por el principio.

—Él volverá —dijo Mildred—, y nos quemará a nosotros y a los libros.

La voz de la puerta de la calle fue apagándose por fin. Reinó el silencio. Montag sentía la presencia de alguien al otro lado de la puerta, esperando, escuchando. Luego, oyó unos pasos que se alejaban.

—Veamos lo que hay aquí —dijo Montag.

Balanceó estas palabras con terrible concentración. Leyó una docena de páginas salteadas y, por último, encontró esto:

—*Se ha calculado que, en épocas diversas, once mil personas han preferido morir antes que someterse a romper los huevos por su extremo más afilado.*

Mildred se le quedó mirando desde el otro lado del vestíbulo.

—¿Qué significa esto? ¡*Carece* de sentido! ¡El capitán tenía razón!

—Bueno, bueno —dijo Montag—. Volveremos a empezar. Esta vez, por el principio.

Segunda parte

LA CRIBA Y LA ARENA

Ambos leyeron durante toda la larga tarde, mientras la fría lluvia de noviembre caía sobre la silenciosa casa. Permanecieron sentados en el vestíbulo, porque la sala de estar aparecía vacía y poco acogedora en sus paredes iluminadas de confeti naranja y amarillo, y cohetes, y mujeres en trajes de lamé dorado, y hombres de frac sacando conejos de sombreros plateados. La sala de estar resultaba muerta, y Mildred le lanzaba continuas e inexpresivas miradas, en tanto que Montag andaba de un lado al otro del vestíbulo para agacharse y leer una página en voz alta.

No podemos determinar el momento concreto en que nace la amistad. Como al llenar un recipiente gota a gota, hay una gota final que lo hace desbordarse, del mismo modo, en una serie de gentilezas hay una final que acelera los latidos del corazón.

Montag se quedó escuchando el ruido de la lluvia.

—¿Era eso lo que había en esa muchacha de al lado? ¡He tratado tanto de comprenderlo!

—Ella ha muerto. Por amor de Dios, hablemos de alguien que esté vivo.

Montag no miró a su esposa al atravesar el vestíbulo y dirigirse a la cocina, donde permaneció mucho rato, observando cómo la lluvia golpeaba los cristales. Después, regresó a la luz grisácea del vestíbulo y esperó a que se calmara el temblor que sentía en su cuerpo.

Abrió otro libro.

—*El tema favorito, yo.*

Miró de reojo a la pared.

—*El tema favorito, yo.*

—*Eso* sí que lo entiendo —dijo Mildred.

—Pero el tema favorito de Clarisse no era ella. Era cualquier otro, y yo. Fue la primera persona que he llegado a apreciar en muchos años. Fue la primera persona que recuerde que me mirase cara a cara, como si yo fuese importante. —Montag cogió los dos libros—. Esos hombres llevan muertos mucho tiempo, pero yo sé que sus palabras señalan, de una u otra manera, a Clarisse.

Por el exterior de la puerta de la calle, en la lluvia, se oyó un leve arañar.

Montag se inmovilizó. Vio que Mildred se echaba hacia atrás, contra la pared, y lanzaba una exclamación ahogada.

—Está cerrada.

—Hay alguien... La puerta... ¿Por qué la voz no nos dice...?

Por debajo de la puerta, un olfateo lento, una exclamación de corriente eléctrica.

Mildred se echó a reír.

—¡No es más que un perro! ¿Quieres que lo ahuyente?

—¡Quédate donde estás!

Silencio. La fría lluvia caía. Y el olor a electricidad azul soplando por debajo de la puerta cerrada.

—Sigamos trabajando —dijo Montag con voz queda.

Mildred pegó una patada a un libro.

—Los libros no son gente. Tú lees y yo estoy sin hacer nada, pero no hay *nadie.*

Montag contempló la sala de estar, totalmente apagada y gris como las aguas de un océano que podían estar llenas de vida si se conectaba el sol electrónico.

—En cambio —dijo Mildred—, mi «familia» sí es gente. Me cuentan cosas. ¡Me río y *ellos* se ríen! ¡Y los colores!

—Sí, lo sé.

—Y, además, si el capitán Beatty se enterase de lo de esos libros... —Mildred recapacitó. Su rostro mostró sorpresa y, después, horror—. ¡Podría venir y quemar la casa y la «familia»! ¡Esto es horrible! Piensa en nuestra inversión. ¿Por qué he de leer yo? ¿*Para* qué?

—¡Para qué! ¡Por qué! —exclamó Montag—. La otra noche, vi la serpiente más terrible del mundo. Estaba muerta y, al mismo tiempo, viva. Fue en el Hospital de Urgencia donde llenaron un informe sobre todo lo que la serpiente sacó de ti. ¿Quieres ir y comprobar su archivo? Quizás encontrases algo bajo Guy Montag o tal vez bajo Miedo o Guerra. ¿Te gustaría ir a esta casa que quemamos anoche? ¡Y remover las cenizas buscando los huesos de la mujer que prendió fuego a su propia casa! ¿Qué me dices de Clarisse McClellan? ¿Dónde hemos de buscarla? ¡En el depósito! ¡Escucha!

Los bombarderos atravesaron el cielo, sobre la casa, silbando, murmurando, como un ventilador inmenso e invisible que girara en el vacío.

—¡Válgame Dios! —dijo Montag—. Siempre tantos chismes de ésos en el cielo. ¿Cómo diantres están esos bombarderos ahí arriba cada segundo de nuestras vidas? ¿Por qué nadie quiere hablar acerca de ello? Desde 1960, iniciamos y ganamos dos guerras atómicas. ¿Nos divertimos tanto en casa que nos hemos olvidado del mundo? ¿Acaso somos tan ricos y el resto del mundo tan pobre que no nos preocupamos de ellos? He oído rumores. El mundo padece hambre, pero nosotros estamos bien alimentados. ¿Es cierto que el mundo trabaja duramente mientras nosotros jugamos? ¿Es por eso que se nos odia tanto? También he oído rumores sobre el odio, hace muchísimo tiempo. ¿Sabes tú por qué? ¡Yo no, *desde luego*! Quizá los libros puedan sacarnos a medias del agujero. Tal vez *pudieran* impedirnos que cometiéramos los mismos funestos errores. No oigo a esos estúpidos en tu sala de estar hablando de ello. Dios, Millie, ¿no *te das cuenta*? Una hora al día, dos horas con estos libros, y tal vez...

Sonó el teléfono. Mildred descolgó el aparato.

—¡Ann! —Se echó a reír—. ¡Sí, el Payaso Blanco actúa esta noche!

Montag se encaminó a la cocina y dejó el libro boca abajo.

«Montag —se dijo—, eres verdaderamente estúpido. ¿Adónde vamos desde aquí? ¿Devolveremos los libros, los olvidamos?»

Abrió el libro, no obstante la risa de Mildred.

«¡Pobre Millie! —pensó—. ¡Pobre Montag! También para ti carece de sentido. Pero, ¿dónde puedes conseguir ayuda, dónde encontrar a un maestro a estas alturas?»

Aguardó. Montag cerró los ojos. Sí, desde luego. Volvió a encontrarse pensando en el verde parque un año atrás. Últimamente, aquel pensamiento había acudido muchas veces a su mente, pero, en aquel momento, recordó con claridad aquel día en el parque de la ciudad, cuando vio a aquel viejo vestido de negro que ocultaba algo, con rapidez, bajo su chaqueta.

El viejo se levantó de un salto, como si se dispusiese a echar a correr. Y Montag dijo:

—¡Espere!

—¡No he hecho nada! —gritó el viejo, tembloroso.

—Nadie ha dicho lo contrario.

Sin decir una palabra, permanecieron sentados un momento bajo la suave luz verdosa; y, luego, Montag habló del tiempo, respondiendo el viejo con voz descolorida. Fue un extraño encuentro. El viejo admitió ser un profesor de Literatura retirado que, cuarenta años atrás, se quedó sin trabajo cuando la última universidad de Artes Liberales cerró por falta de estudiantes. Se llamaba Faber y cuando, por fin, dejó de temer a Montag habló con voz llena de cadencia, contemplando el cielo, los árboles y el exuberante parque; y al cabo de una hora, dijo algo a Montag, y éste se dio cuenta de que era un poema sin rima. Después, el viejo aún se mostró más audaz y dijo algo, y también se trataba de un poema. Faber apoyó una mano sobre el bolsillo izquierdo de su chaqueta y pronunció las palabras con suavidad, y Montag comprendió que, si alargaba la mano, sacaría del bolsillo del viejo un libro de poesías. Pero no lo hizo. Sus manos permanecieron sobre sus rodillas, entumecidas e inútiles.

—No hablo de *cosas*, señor —dijo Faber—. Hablo del *significado* de las cosas. Me siento aquí y sé que estoy vivo.

En realidad, eso fue todo. Una hora de monólogo, un poema, un comentario; y, luego, sin ni siquiera aludir al hecho de que Montag era bombero, Faber, con cierto temblor, escribió su dirección en un pedacito de papel.

—Para su archivo —dijo—, en el caso de que decida enojarse conmigo.

—No estoy enojado —dijo Montag, sorprendido.

Mildred rió estridentemente en el vestíbulo.

Montag fue al armario de su dormitorio y buscó en su pequeño archivo en la carpeta titulada: FUTURAS INVESTIGACIONES (?). El nombre de Faber estaba allí. Montag no lo había entregado, ni borrado.

Marcó el número de un teléfono secundario. En el otro extremo de la línea, el altavoz repitió el nombre de Faber una docena de veces, antes de que el profesor contestara con voz débil. Montag se identificó y fue correspondido con un prolongado silencio.

—Dígame, Mr. Montag.

—Profesor Faber, quiero hacerle una pregunta bastante extraña. ¿Cuántos ejemplares de la Biblia quedan en este país?

—¡No sé de qué me está hablando!

—Quiero saber si queda *algún* ejemplar.

—¡Esto es una trampa! ¡No puedo hablar con el primero que me llama por teléfono!

—¿Cuántos ejemplares de Shakespeare y de Platón?

—¡Ninguno! Lo sabe tan bien como yo. ¡Ninguno!

Faber colgó.

Montag dejó el aparato. Ninguno. Ya lo sabía, desde luego, por las listas del cuartel de bomberos. Pero, sin embargo, había querido oírlo de labios del propio Faber.

En el vestíbulo, el rostro de Mildred estaba lleno de excitación.

—¡Bueno, las señoras van a venir!

Montag le enseñó un libro.

—Éste es el Antiguo y el Nuevo Testamento, y...

—¡No empieces otra vez con eso!

—Podría ser el último ejemplar en esta parte del mundo.

—¡Tienes que devolverlo esta misma noche! El capitán Beatty *sabe* que lo tienes, ¿no es así?

—No creo que sepa *qué* libro robé. Pero, ¿cómo escojo un sustituto? ¿Deberé entregar a Mr. Jefferson? ¿A Mr. Thoreau? ¿Cuál es menos valioso? Si escojo un sustituto y Beatty sabe qué libro robé supondrá que tengo toda una biblioteca aquí.

Mildred contrajo los labios.

—¿Ves lo que estás *haciendo*? ¡Nos arruinarás! ¿Quién es más importante, yo o esa Biblia?

Empezaba a chillar, sentada como una muñeca de cera que se derritiese en su propio calor.

Le parecía oír la voz de Beatty.

—Siéntate, Montag. Observa. Delicadamente, como pétalos de una flor. Cada una se convierte en una mariposa negra. Hermoso, ¿verdad? Enciende la tercera página con la segunda y así sucesivamente, quemando en cadena, capítulo por capítulo, todas las cosas absurdas que significan las palabras, todas las falsas promesas, todas las ideas de segunda mano y las filosofías estropeadas por el tiempo.

Beatty estaba sentado allí levemente sudoroso, mientras el suelo aparecía cubierto de enjambres de polillas nuevas que habían muerto en una misma tormenta.

Mildred dejó de chillar tan bruscamente como había empezado. Montag no la escuchaba.

—Sólo hay una cosa que hacer —dijo—. Antes de que llegue la noche y deba entregar el libro a Beatty, tengo que conseguir un duplicado.

—¿Estarás aquí, esta noche, para ver al Payaso Blanco y a las señoras que vendrán? —preguntó Mildred.

Montag se detuvo junto a la puerta, de espaldas.

—Millie...

Un silencio.

—¿Qué?

—Millie, ¿te quiere el Payaso Blanco?

No hubo respuesta.

—Millie, te... —Montag se humedeció los labios—. ¿Te quiere tu «familia»? ¿Te quiere *muchísimo,* con toda el alma y el corazón, Millie?

Montag sintió que ella parpadeaba lentamente.

—¿Por qué me haces una pregunta tan tonta?

Montag sintió deseos de llorar, pero nada ocurrió en sus ojos o en su boca.

—Si ves a ese perro ahí fuera —dijo Mildred—, pégale un puntapié de parte mía.

Montag vaciló, escuchó junto a la puerta. La abrió y salió.

La lluvia había cesado y el sol aparecía en el claro cielo. La calle, el césped y el porche estaban vacíos. Montag exhaló un gran suspiro.

Cerró, dando un portazo.

Estaba en el «Metro».

«Me siento entumecido —pensó—. ¿Cuándo ha empezado ese entumecimiento en mi rostro, en mi cuerpo? La noche en que, en la oscuridad, di un puntapié a la botella de píldoras, y fue como si hubiera pisado una mina enterrada.

»El entumecimiento desaparecerá. Hará falta tiempo, pero lo conseguiré, o Faber lo hará por mí. Alguien, en algún sitio, me devolverá el viejo rostro y las viejas manos tal como habían sido. Incluso la sonrisa —pensó—, la vieja y profunda sonrisa que ha desaparecido. Sin ella, estoy perdido.»

El convoy pasó veloz frente a él, crema, negro, crema, negro, números y oscuridad, más oscuridad y el total sumándose a sí mismo.

En una ocasión, cuando niño, se había sentado en una duna amarillenta junto al mar, bajo el cielo azul y el calor de un día de verano, tratando de llenar de arena una criba, porque un primo cruel había dicho: «Llena esta criba, y ganarás un real.» Y cuanto más aprisa echaba arena, más velozmente se escapaba ésta produciendo un cálido susurro. Le dolían las manos, la arena ardía, la criba estaba vacía. Sentado allí, en pleno mes de julio, sin un sonido, sintió que las lágrimas resbalaban por sus mejillas.

Ahora, en tanto que el «Metro» neumático le llevaba velozmente por el subsuelo muerto de la ciudad, Montag recordó la lógica terrible de aquella criba, y bajó la mirada y vio que llevaba la Biblia abierta. Había gente en el «Metro», pero él continuó con el libro en la mano, y se le ocurrió una idea absurda: «Si lees aprisa y lo lees todo, quizá parte de la arena permanezca en la criba.» Pero Montag leía y las palabras le atravesaban, y pensó: «Dentro de unas pocas horas estará Beatty y estaré yo entregándole esto, de modo que no debe escapárseme ninguna frase. Cada línea ha de ser recordada. Me obligaré a hacerlo.»

Apretó el libro entre sus puños.

Tocaron unas trompetas.

«Dentífrico Denham.»

«Cállate —pensó Montag—. Considera los lirios en el campo.»

«Dentífrico Denham.»

«No mancha...»

«Dentífrico...»

«Considera los lirios en el campo, cállate, cállate.»

«¡Denham!»

Montag abrió violentamente el libro, pasó las páginas y las palpó como si fuese ciego, fijándose en la forma de las letras individuales, sin parpadear.

«Denham. Deletreando: D-e-n...»

«No mancha, ni tampoco...»

Un fiero susurro de arena caliente a través de la criba vacía.

¡«Denham» lo consigue!

«Considera los lirios, los lirios, los lirios...»

«Detergente Dental Denham.»

—¡Calla, calla, calla!

Era una súplica, un grito tan terrible que Montag se encontró de pie, mientras los sorprendidos pasajeros del vagón le miraban, apartándose de aquel hombre que tenía expresión de demente, la boca contraída y reseca, el libro abierto en su puño. La gente que, un momento antes, había estado sentada, llevando con los pies el ritmo de «Dentífrico Denham», «Duradero Detergente Dental Denham», «Dentífrico Denham», Dentífrico, Dentífrico, uno, dos, uno, dos, uno dos tres, uno dos, uno dos tres. La gente cuyas bocas habían articulado apenas las palabras Dentífrico, Dentífrico, Dentífrico. La radio del «Metro» vomitó sobre Montag, como represalia, una carga completa de música compuesta de hojalata, cobre, plata, cromo y latón. La gente era forzada a la sumisión; no huía, no había sitio donde huir; el gran convoy neumático se hundió en la tierra dentro de su tubo.

—Lirios del campo.

«Denham.»

«¡He dicho *lirios*!»

La gente miraba.

—Llamen al guardián.

—Este hombre está ido...

«¡Knoll Wiew!»

El tren produjo un siseo al detenerse.

«¡Knoll Wiew!» Un grito.

«Denham.» Un susurro.

Los labios de Montag apenas se movían.

—Lirios...

La puerta del vagón se abrió produciendo un silbido. Montag permaneció inmóvil. La puerta empezó a cerrarse. Entonces, Montag pasó de un salto junto a los otros pasajeros chillando interiormente, y se zambulló, en el último momento, por la rendija que dejaba la puerta corrediza. Corrió hacia arriba por los túneles, ignorando las escaleras mecánicas, porque deseaba sentir cómo se movían sus pies, cómo se balanceaban sus brazos, cómo se hinchaban y contraían sus pulmones, cómo se resecaba su garganta con el aire. Una voz fue apagándose detrás de él: «Denham, Denham». El tren silbó como una serpiente y desapareció en su agujero.

—¿Quién es?

—Montag.

—¿Qué desea?

—Déjeme pasar.

—¡No he hecho nada!

—¡Estoy solo, maldita sea!

—¿Lo jura?

—¡Lo juro!

La puerta se abrió lentamente. Faber atisbó y parecía muy viejo, muy frágil y muy asustado. El anciano tenía aspecto de no haber salido de la casa en varios años. Él y las paredes blancas de yeso del interior eran muy semejantes. Había blancura en la pulpa de sus labios, en sus mejillas, y su cabello era blanco, mientras sus ojos se habían descubierto, adquiriendo un vago color azul blancuzco. Luego, su mirada se fijó en el libro que Montag llevaba bajo el brazo, y ya no pareció tan viejo ni tan frágil. Lentamente, su miedo desapareció.

—Lo siento. Uno ha de tener cuidado.

Miró el libro que Montag llevaba bajo el brazo y no pudo callar.

—De modo que es cierto.

Montag entró. La puerta se cerró.

—Siéntese.

Faber retrocedió, como temiendo que el libro pudiera desvanecerse si apartaba de él su mirada. A su espalda, la puerta que comunicaba con un dormitorio estaba abierta, y en esa habitación había esparcidos diversos fragmentos de maquinaria, así como herramientas de acero. Montag sólo pudo lanzar una ojeada antes de que Faber, al observar la curiosidad de Montag, se volviese rápidamente, cerrara la puerta del dormitorio y sujetase el pomo con mano temblorosa. Su mirada volvió a fijarse, insegura, en Montag, quien se había sentado y tenía el libro en su regazo.

—El libro... ¿Dónde lo ha...?

—Lo he robado.

Por primera vez, Faber enarcó las cejas y miró directamente al rostro de Montag.

—Es usted valiente.

—No —dijo Montag—. Mi esposa está muriéndose. Una amiga mía ha muerto ya. Alguien que hubiese podido ser un amigo, fue quemado hace menos de veinticuatro horas. Usted es el único que me consta podría ayudarme. A ver. A ver...

Las manos de Faber se movieron inquietas sobre sus rodillas.

—¿Me permite?

—Disculpe.

Montag le entregó el libro.

—Hace muchísimo tiempo. No soy una persona religiosa. Pero hace muchísimo tiempo. —Faber fue pasando las páginas, deteniéndose aquí y allí para leer—. Es tan bueno como creo recordar. Dios mío, de qué modo lo han cambiado en nuestros «salones». Cristo es ahora uno de la «familia». A menudo, me pregunto si Dios reconocerá a Su propio Hijo tal como lo hemos disfrazado. Ahora, es un caramelo de menta, todo azúcar y esencia, cuando no hace referencias veladas a ciertos productos comerciales que todo fiel necesita *imprescindiblemente*.

—Faber olisqueó el libro—. ¿Sabía que los libros huelen a nuez moscada o a alguna otra especie procedente de una tierra lejana? De niño, me encantaba olerlos. ¡Dios mío! En aquella época, había una serie de libros encantadores, antes de que los dejáramos desaparecer. —Faber iba pasando las páginas—. Mr. Montag, está usted viendo a un cobarde. Hace muchísimo tiempo, vi cómo iban las cosas. No dije nada. Soy uno de los inocentes que hubiese podido levantar la voz cuando nadie estaba dispuesto a escuchar a los «culpables», pero no hablé y, de este modo, me convertí, a mi vez, en culpable. Y cuando, por fin, establecieron el mecanismo para quemar los libros, por medio de los bomberos, rezongué unas cuantas veces y me sometí, porque ya no había otros que rezongaran o gritaran conmigo. Ahora, es demasiado tarde. —Faber cerró la Biblia—. Bueno... ¿Y si me dijera para qué ha venido?

—Nadie escucha ya. No puedo hablar a las paredes, porque éstas están chillándome a mí. No puedo hablar con mi esposa, porque ella escucha a las *paredes*. Sólo quiero alguien que oiga lo que tengo que decir. Y quizá, si hablo lo suficiente, diga algo con sentido. Y quiero que me enseñe usted a comprender lo que leo.

Faber examinó el delgado rostro de Montag.

—¿Cómo ha recibido esta conmoción? ¿Qué le ha arrancado la antorcha de las manos?

—No lo sé. Tenemos todo lo necesario para ser felices, pero no lo somos. Falta algo. Miré a mi alrededor. Lo único que me *constaba* positivamente que había desaparecido eran los libros que he ayudado a quemar en diez o doce años. Así, pues, he pensado que los libros podrían servir de ayuda.

—Es usted un romántico sin esperanza —dijo Faber—. Resultaría divertido si no fuese tan grave. No es libros lo que usted necesita, sino algunas de las cosas que en un tiempo estuvieron en los libros. El mismo detalle infinito y las mismas enseñanzas podrían ser proyectados a través de radios y televisores, pero no lo son. No, no: no son libros lo que usted está buscando. Búsquelo donde pueda encontrarlo, en viejos discos, en viejas películas y en viejos amigos; búsquelo en la Naturaleza y búsquelo por sí mismo. Los libros sólo eran un tipo de receptáculo donde almacenábamos una serie de cosas que temíamos olvidar. No hay nada mágico en ellos. La magia sólo está en lo que dicen los libros, en cómo unían los diversos aspectos del Universo hasta formar un conjunto para nosotros. Desde luego, usted no puede saber esto, sigue sin entender lo que quiero decir con mis palabras. Intuitivamente, tiene usted razón, y eso es lo que importa. Faltan tres cosas.

»Primera: ¿Sabe por qué libros como éste son tan importantes? Porque tienen calidad. Y, ¿qué significa la palabra calidad? Para mí significa textura. Este libro tiene poros, tiene facciones. Este libro puede colocarse bajo el microscopio. A través de la lente, encontraría vida, huellas del pasado en infinita profusión. Cuantos más poros, más detalles de la vida verídicamente registrados puede obtener de cada hoja de papel, cuanto más «literario» se sea. En todo caso, ésa es mi definición. Detalle revelador. Detalle reciente. Los buenos escultores tocan la vida a menudo. Los mediocres sólo pasan apresuradamente la mano por encima de ella. Los malos la violan y la dejan por inútil.

»¿Se da cuenta, ahora, de por qué los libros son odiados y temidos? Muestran los poros del rostro de la vida. La gente comodona sólo desea caras de luna llena, sin poros, sin pelo, inexpresivas. Vivimos en una época en que las flores tratan de vivir de flores, en lugar de crecer gracias a la lluvia y al negro estiércol. Incluso los fuegos artificiales, pese a su belleza, proceden de la química de la tierra. Y, sin embargo, pensamos que podemos crecer, alimentándonos con flores y fuegos artificiales, sin completar el ciclo, de regreso a la realidad. Conocerá usted la leyenda de Hércules y de Anteo, el gigantesco luchador, cuya fuerza era increíble en tanto estaba firmemente plantado en tierra. Pero cuando Hércules lo sostuvo en el aire, sucumbió fácilmente. Si en esta leyenda no hay algo que puede aplicarse a nosotros, hoy, en esta ciudad, entonces es que estoy completamente loco. Bueno, ahí está lo primero que he dicho que necesitábamos. Calidad, textura de información.

—¿Y lo segundo?

—Ocio.

—Oh, disponemos de muchas horas después del trabajo.

—De horas después del trabajo, sí, pero, ¿y tiempo para pensar? Si no se conduce un vehículo a ciento cincuenta kilómetros por hora, de modo que sólo puede pensarse en el peligro que se corre, se está interviniendo en algún juego o se está sentado en un salón, donde es imposible discutir con el televisor de cuatro paredes. ¿Por qué? El televisor es «real». Es inmediato, tiene dimensión. Te dice lo que debes pensar y te lo dice a gritos. *Ha de tener* razón. *Parece* tenerla. Te hostiga tan apremiantemente para que aceptes tus propias conclusiones, que tu mente no tiene tiempo para protestar, para gritar: «¡Qué tontería!»

—Sólo la «familia» es gente.

—¿Qué dice?

—Mi esposa afirma que los libros no son «reales».

—Y gracias a Dios por ello. Uno puede cerrarlos, decir: «Aguarda un momento.» Uno actúa como un Dios. Pero, ¿quién se ha arrancado alguna vez de la garra que le sujeta una vez se ha instalado en un salón con televisor? ¡Le da a uno la forma que desea! Es un medio ambiente tan auténtico como el mundo. Se *convierte* y *es* la verdad. Los libros pueden ser combatidos con motivo. Pero, con todos mis conocimientos y escepticismo, nunca he sido capaz de discutir con una orquesta sinfónica de un centenar de instrumentos, a todo color, en tres dimensiones, y formando parte, al mismo tiempo, de esos increíbles salones. Como ve, mi salón consiste únicamente en cuatro paredes de yeso. Y aquí tengo esto —mostró dos pequeños tapones de goma—. Para mis orejas cuando viajo en el «Metro».

—«Dentífrico Denham»; no mancha, ni se reseca —dijo Montag, con los ojos cerrados—. ¿Adónde iremos a parar? ¿Podrían ayudarnos los libros?

—Sólo si la tercera condición necesaria pudiera sernos concedida. La primera, como he dicho, es calidad de información. La segunda, ocio para asimilarla. Y la tercera: el derecho a emprender acciones basadas en lo que aprendemos por la interacción o por la acción conjunta de las otras dos. Y me cuesta creer que un viejo y un bombero arrepentido pueden *hacer* gran cosa en una situación tan avanzada...

—Puedo *conseguir* libros.

—Corre usted un riesgo.

—Eso es lo bueno de estar moribundo. Cuando no se tiene nada que perder, pueden correrse todos los riesgos.

—¡Acaba de decir usted una frase interesante! —dijo, riendo, Faber—. Incluso sin haberla leído.

—En los libros hay cosas así. Pero ésta se me ha ocurrido a mí solo.

—Tanto mejor. No la ha inventado para mí o para nadie, ni siquiera para sí mismo.

Montag se inclinó hacia delante.

—Esta tarde, se me ha ocurrido que si resultaba que los libros *merecían* la pena, podíamos conseguir una prensa e imprimir algunos ejemplares...

—¿Podríamos?

—Usted y yo.

—¡Oh, no!

Faber se irguió en su asiento.

—Déjeme que le explique mi plan...

—Si insiste en contármelo, deberé pedirle que se marche.

—Pero, ¿no está *usted* interesado?

—No, si empieza a hablar de algo que podría hacerme terminar entre las llamas. Sólo podría escucharle, si la estructura de los bomberos pudiese arder, a su vez. Ahora bien, si sugiere usted que imprimamos algunos libros y nos las arreglemos para esconderlos en los cuarteles de bomberos de todo el país, de modo que las sospechas cayesen sobre esos incendiarios, diría: ¡Bravo!

—Dejar los libros, dar la alarma y ver cómo arden los cuarteles de bomberos. ¿Es eso lo que quiere decir?

Faber enarcó las cejas y miró a Montag como si estuviese viendo a otro hombre.

—Estaba bromeando.

—Si cree que valdría la pena intentar ese plan, tendría que aceptar su palabra de que podría ayudarnos.

—¡No es posible garantizar cosas así! Después de todo, cuando *tuviésemos* todos los libros que necesitásemos, aún insistiríamos en encontrar el precipicio más alto para lanzarnos al vacío. Pero *necesitamos* un respirador. *Necesitamos* conocimientos. Y tal vez dentro de un millar de años, podríamos encontrar barrancos más pequeños desde los que saltar. Los libros están para recordarnos lo tontos y estúpidos que somos. Son la guardia pretoriana de César, susurrando mientras tiene lugar el desfile por la avenida: «Recuerda, César, que eres mortal.» La mayoría de nosotros no podemos andar corriendo por ahí, hablando con todo el mundo, ni conocer todas las ciudades del mundo, pues carecemos de tiempo, de dinero o de amigos. Lo que usted anda buscando, Montag, está en el mundo, pero el único medio para que una persona corriente vea el noventa y nueve por ciento de ello está en un libro. No pida garantías. Y no espere ser salvado por *alguna* cosa, persona, máquina o biblioteca. Realice su propia labor salvadora, y si se ahoga, muera, por lo menos, sabiendo que se dirigía hacia la playa.

Faber se levantó y empezó a pasear por la habitación.

—¿Bien? —preguntó Montag.

—¿Habla completamente en serio?

—Completamente.

—Es un plan insidioso si es que puedo decirlo. —Faber miró, nervioso, hacia la puerta de su dormitorio—. Ver los cuarteles de bomberos ardiendo en todo el país, destruidos como nidos de traición. ¡La salamandra devorando su rabo! ¡Oh, Dios!

—Tengo una lista de todas las residencias de bomberos. Con un poco de labor subterránea...

—No es posible confiar en la gente, eso es lo malo del caso. ¿Quién, además de usted y yo, prenderá esos fuegos?

—¿No hay profesores como usted, antiguos escritores, historiadores, lingüistas...?

—Han muerto o son muy viejos.

—Cuanto más viejos, mejor. Pasarán inadvertidos. Usted conoce a docenas de ellos, admítalo.

—Oh, hay muchos actores que no han interpretado a Pirandello, a Shaw, o a Shakespeare desde años porque sus obras son demasiado *conscientes* del mundo. Podríamos utilizar el enojo de ésos. Y podríamos emplear la rabia honesta de los historiadores que no han escrito una línea desde hace cuarenta años. Es verdad, podríamos organizar clases de meditación y de lectura.

—¡Sí!

—Pero eso sólo serviría para mordisquear los bordes. Toda la cultura está deshecha. El esqueleto necesita un nuevo andamiaje y una nueva reconstitución. ¡Válgame Dios! No es tan sencillo como recoger un libro que se dejó hace medio siglo. Recuerde, los bomberos casi nunca actúan. El público ha dejado de leer por propia iniciativa. Ustedes, los bomberos, constituyen un espectáculo en el que, de cuando en cuando, se incendia algún edificio, y la multitud se reúne a contemplar la bonita hoguera, pero, en realidad, se trata de un espectáculo de segunda fila, apenas necesario para mantener la disciplina. De modo que muy pocos desean ya rebelarse. Y, de esos pocos, la mayoría, como yo, se asustan con facilidad. ¿Puede usted andar más aprisa que el Payaso Blanco, gritar más alto que «Mr. Gimmick» y las «familias» de la sala de estar? Si puede, se abrirá camino, Montag. En cualquier caso, es usted un tonto. La gente *se divierte.*

—¡Se está suicidando, asesinando!

Un vuelo de bombarderos había estado desplazándose hacia el Este, mientras ellos hablaban, y sólo entonces los dos hombres callaron para escuchar, sintiendo resonar dentro de sí mismos el penetrante zumbido de los reactores.

—Paciencia, Montag. Que la guerra elimine a las «familias». Nuestra civilización está destrozándose. Apártese de la centrífuga.

—Cuando acabe por estallar, alguien tiene que estar preparado.

—¿Quién? ¿Hombres que reciten a Milton? ¿Que digan: recuerdo a Sófocles? ¿Recordando a los supervivientes que el hombre tiene también ciertos aspectos buenos? Lo único que harán será reunir sus piedras para arrojárselas los unos a los otros. Váyase a casa, Montag. Váyase a la cama. ¿Por qué desperdiciar sus horas finales, dando vueltas en su jaula y afirmando que no es una ardilla?

—Así, pues, ¿ya no le importa nada?

—Me importa tanto que estoy enfermo.

—¿Y no quiere ayudarme?

—Buenas noches, buenas noches.

Las manos de Faber recogieron la Biblia. Montag vio esta acción y quedó sorprendido.

—¿Desearía poseer esto?

Faber dijo:

—Daría el brazo derecho por ella.

Montag permaneció quieto, esperando a que ocurriera algo. Sus manos, por sí solas, como dos hombres que trabajaran juntos, empezaron a arrancar las páginas del libro. Las manos desgarraron la cubierta y, después, la primera y la segunda página.

—¡Estúpido! ¿Qué está haciendo?

Faber se levantó de un salto, como si hubiese recibido un golpe. Cayó sobre Montag. Éste le rechazó y dejó que sus manos prosiguieran. Seis páginas más cayeron al suelo. Montag las recogió y agitó el papel bajo las narices de Faber.

—¡No, oh, no lo haga! —dijo el viejo.

—¿Quién puede impedírmelo? Soy bombero. ¡Puedo quemarlo!

El viejo se le quedó mirando.

—Nunca haría eso.

—¡Podría!

—El libro. No lo desgarre más. —Faber se derrumbó en una silla, con el rostro muy pálido y la boca temblorosa—. No haga que me sienta más cansado. ¿Qué desea?

—Necesito que me enseñe.

—Está bien, está bien.

Montag dejó el libro. Empezó a recoger el papel arrugado y a alisarlo, en tanto que el viejo le miraba con expresión de cansancio.

Faber sacudió la cabeza como si estuviese despertando en aquel momento.

—Montag, ¿tiene dinero?

—Un poco. Cuatrocientos o quinientos dólares.

—¿Por qué?

—Tráigalos. Conozco a un hombre que, hace medio siglo, imprimió el diario de nuestra Universidad. Fue el año en que, al acudir a la clase, al principio del nuevo semestre, sólo encontré a un estudiante que quisiera seguir el curso dramático, desde Esquilo hasta O'Neill. ¿Lo ve? Era como una hermosa estatua de hielo que se derritiera bajo el sol. Recuerdo que los diarios morían como gigantescas mariposas. No *interesaban* a nadie. Nadie les echaba en falta. Y el Gobierno, al darse cuenta de lo ventajoso que era que la gente leyese sólo acerca de labios apasionados y de puñetazos en el estómago, redondeó la situación con sus devoradores llameantes. De modo, Montag, que hay ese impresor sin trabajo. Podríamos empezar con unos pocos libros, y esperar a que la guerra cambiara las cosas y nos diera el impulso que necesitamos. Unas cuantas bombas, y en las paredes de todas las casas las «familias» desaparecerán como ratas asustadas. En el silencio, nuestro susurro pudiera ser oído.

Ambos se quedaron mirando el libro que había en la mesa.

—He tratado de recordar —dijo Montag—. Pero, ¡diablo!, en cuanto vuelvo la cabeza, lo olvido. ¡Dios! ¡Cuánto deseo tener algo que decir al capitán! Ha leído bastante y se sabe todas las respuestas, o lo parece. Su voz es como almíbar. Temo que me convenza para que vuelva a ser como era antes. Hace sólo una semana, mientras rociaba con petróleo unos libros, pensaba: «¡Caramba, qué divertido!»

El viejo asintió con la cabeza.

—Los que no construyen deben destruir. Es algo tan viejo como la Historia y la delincuencia juvenil.

—De modo que eso es lo que yo soy.

—En todos nosotros hay algo de ello.

Montag se dirigió hacia la puerta de la calle.

—¿Puede ayudarme de algún modo para esta noche, con mi capitán? Necesito un paraguas que me proteja de la lluvia. Estoy tan asustado que me ahogaré si vuelve a meterse conmigo.

El viejo no dijo nada, y miró otra vez hacia su dormitorio, muy nervioso.

Montag captó la mirada.

—¿Bien?

El viejo inspiró profundamente, retuvo el aliento y, luego, lo exhaló. Repitió la operación, con los ojos cerrados, la boca apretada, y, por último, soltó el aire.

—Montag...

El viejo acabó por volverse y decir:

—Venga. En realidad, me proponía dejar que se marchara de mi casa. *Soy* un viejo tonto y cobarde.

Faber abrió la puerta del dormitorio e introdujo a Montag en una pequeña habitación, donde había una mesa sobre la que se encontraba cierto número de herramientas metálicas, junto con un amasijo de alambres microscópicos, pequeños resortes, bobinas y lentes.

—¿Qué es eso? —preguntó Montag.

—Una prueba de mi tremenda cobardía. He vivido solo demasiados años, arrojando con mi mente imágenes a las paredes. La manipulación de aparatos electrónicos y radiotransmisores ha sido mi entretenimiento. Mi cobardía es tan apasionada, complementando el espíritu revolucionario que vive a su sombra, que me he visto obligado a diseñar esto.

Faber cogió un pequeño objeto de metal, no mayor que una bala de fusil.

—He pagado por esto... ¿Cómo? Jugando a la Bolsa, claro está, el último refugio del mundo para los intelectuales peligrosos y sin trabajo. Bueno, he jugado a la

Bolsa, he construido todo esto y he esperado. He esperado, temblando, la mitad de mi vida, a que alguien me hablara. No me atrevía a hacerlo con nadie. Aquel día, en el parque, cuando nos sentamos juntos, comprendí que alguna vez quizá se presentase usted, con fuego o amistad, resultaba difícil adivinarlo. Hace meses que tengo preparado este aparatito. Pero he estado a punto de dejar que se marchara usted, *tanto* miedo tengo.

—Parece una radio auricular.

—¡Y algo más! *¡Oye! Si* se lo pone en su oreja, Montag, puedo sentarme cómodamente en casa, calentando mis atemorizados huesos, y oír y analizar el mundo de los bomberos, descubrir sus debilidades, sin peligro. Soy la reina abeja, bien segura en la colmena. Usted será el zángano, la oreja viajera. En caso necesario, podría colocar oídos en todas las partes de la ciudad, con diversos hombres, que escuchen y evalúen. Si los zánganos mueren, yo sigo a salvo en casa, cuidando mi temor con un máximo de comodidad y un mínimo de peligro. ¿Se da cuenta de lo precavido que llego a ser, de lo despreciable que llego a resultar?

Montag se colocó el pequeño objeto metálico en la oreja. El viejo insertó otro similar en la suya y movió los labios.

—¡Montag!

La voz sonó en la cabeza de Montag.

—¡Le *oigo!*

Faber se echó a reír.

—¡Su voz también me llega perfectamente! —susurró el viejo. Pero la voz sonaba con claridad en la cabeza de Montag—. Cuando sea hora, vaya al cuartel de bomberos. Yo estaré con usted. Escuchemos los dos a ese capitán Beatty. Pudiera ser uno de los nuestros. ¡Sabe Dios! Le diré lo que debe decir. Representaremos una buena comedia para él. ¿Me odia por esta cobardía electrónica? Aquí estoy, enviándole hacia el peligro, en tanto que yo me quedo en las trincheras, escuchando con mi maldito aparato cómo usted se juega la cabeza.

—Todos hacemos lo que debemos hacer —dijo Montag. Puso la Biblia en manos del viejo—. Tome. Correré el riesgo de entregar otro libro. Mañana...

—Veré al impresor sin trabajo. Sí, *eso* puedo hacerlo.

—Buenas noches, profesor.

—No, buenas noches, no. Estaré con usted el resto de la noche, como un insecto que le hostigará el oído cuando me necesite. Pero, de todos modos, buenas noches y buena suerte.

La puerta se abrió y se cerró. Montag se encontró otra vez en la oscura calle, frente al mundo.

Podía percibirse cómo la guerra se iba gestando aquella noche en el cielo. La manera como las nubes desaparecían y volvían a asomar, y el aspecto de las estrellas, un millón de ellas flotando entre las nubes, como los discos enemigos, y la sensación de que el cielo podía caer sobre la ciudad y convertirla en polvo, mientras la luna estallaba en fuego rojo; ésa era la sensación que producía la noche.

Montag salió del «Metro» con el dinero en el bolsillo. Había visitado el Banco que no cerraba en toda la noche, gracias a su servicio de cajeros automáticos, y mientras andaba, escuchaba la radio auricular que llevaba en una oreja... «Hemos movilizado a un millón de hombres. Conseguiremos una rápida victoria si estalla la guerra...» La música dominó rápidamente la voz y se apagó después.

—Diez millones de hombres movilizados —susurró la voz de Faber en el otro oído de Montag—. Pero dice un millón. Resulta más tranquilizador.

—¿Faber?

—Sí.

—No estoy pensando. Sólo hago lo que se me dice, como siempre. Usted me ha pedido que obtuviera dinero, y ya lo tengo. Ni siquiera me he parado a meditarlo. ¿Cuándo empezaré a tener iniciativas propias?

—Ha empezado ya, al pronunciar esas palabras. Tendrá que fiarse de mí.

—¡Me he estado fiando de los demás!

—Sí, y fíjese adónde hemos ido a parar. Durante algún tiempo, deberá caminar a ciegas. Aquí está mi brazo para guiarle.

—No quiero cambiar de bando y que sólo se me *diga* lo que debo hacer. En tal caso, no habría razón para el cambio.

—¡Es usted muy sensato!

Montag sintió que sus pies le llevaban por la acera hacia su casa.

—Siga hablando.

—¿Le gustaría que leyese algo? Lo haré para que pueda recordarlo. Por las noches, sólo duermo cinco horas. No tengo nada que hacer. De modo que, si lo desea, le leeré durante las noches. Dicen que si alguien te susurra los conocimientos al oído incluso estando dormido, se retienen.

—Sí.

—¡Ahí va! —Muy lejos, en la noche, al otro lado de la ciudad, el levísimo susurro de una página al volverse—. El Libro de Job.

La luna se elevó en el cielo, en tanto que Montag andaba. Sus labios se movían ligerísimamente.

Eran las nueve de la noche y estaba tomando una cena ligera cuando se oyó el ruido de la puerta de la calle y Mildred salió corriendo como un nativo que huyera de una erupción del Vesubio. Mrs. Phelps y Mrs. Bowles entraron por la puerta de la calle y se desvanecieron en la boca del volcán con «martinis» en sus manos. Montag dejó de comer. Eran como un monstruoso candelabro de cristal que produjese un millar de sonidos y Montag vio sus sonrisas felinas atravesando las paredes de la casa y cómo chillaban para hacerse oír por encima del estrépito.

Montag se encontró en la puerta del salón, con la boca llena aún de comida.

—¡Todas tenéis un aspecto estupendo!

—Estupendo.

—¡Estás magnífica, Millie!

—Magnífica.

—¡Es extraordinario!

—¡Extraordinario!

Montag la observó.

—Paciencia —susurró Faber.

—No debería de estar aquí —murmuró Montag, casi para sí mismo—. Tendría que estar en camino para llevarle el dinero.

—Mañana habrá tiempo. ¡Cuidado!

—¿Verdad que ese espectáculo es *maravilloso?* —preguntó Mildred.

—¡Maravilloso!

En una de las paredes, una mujer sonreía al mismo tiempo que bebía zumo de naranja. «¿Cómo hará las dos cosas a la vez?», pensó Montag, absurdamente. En las otras paredes, una radiografía de la misma mujer mostraba el recorrido del refrescante brebaje hacia el anhelante estómago. De repente, la habitación despegó en un vuelo raudo hacia las nubes, se lanzó en picado sobre un mar verdoso, donde peces azules se comían otros peces rojos y amarillos. Un minuto más tarde, tres muñecos de dibujos animados se destrozaron mutuamente los miembros con acompañamiento de grandes oleadas de risa. Dos minutos más tarde y la sala abandonó la ciudad para ofrecer el espectáculo de unos autos a reacción que recorrían velozmente un autódromo golpeándose unos contra otros incesantemente. Montag vio que algunos cuerpos volaban por el aire.

—¿Has visto eso, Millie?

—¡Lo he visto, lo he *visto!*

Montag alargó la mano y dio vuelta al conmutador principal del salón. Las imágenes fueron empequeñeciéndose, como si el agua de un gigantesco recipiente de cristal, con peces histéricos, se escapara.

Las tres mujeres se volvieron con lentitud y miraron a Montag con no disimulada irritación, que fue convirtiéndose en desagrado.

—¿Cuándo creéis que va a estallar la guerra? —preguntó él—. Veo que vuestros maridos no han venido esta noche.

—Oh, vienen y van, vienen y van —dijo Mrs. Phelps—. Una y otra vez. El Ejército llamó ayer a Pete. Estará de regreso la semana próxima. Eso ha dicho el Ejército. Una guerra rápida. Cuarenta y ocho horas, y todos a casa. Eso es lo que ha dicho el Ejército. Una guerra rápida. Pete fue llamado ayer y dijeron que estaría de regreso la semana próxima. Una guerra...

Las tres mujeres se agitaron y miraron, nerviosas, las vacías paredes.

—No estoy preocupada —dijo Mrs. Phelps—. Dejo que sea Pete quien se preocupe. —Rió estridentemente—. Que sea el viejo Pete quien cargue con las preocupaciones. No yo. Yo no estoy preocupada.

—Sí —dijo Millie—. Que el viejo Pete cargue con las preocupaciones.

—Dicen que siempre muere el marido de otra.

—También lo he oído decir. Nunca he conocido a ningún hombre que muriese en una guerra. Que se matara arrojándose desde un edificio, sí, como lo hizo el marido de Gloria, la semana pasada. Pero a causa de las guerras, no.

—No a causa de las guerras —dijo Mrs. Phelps—. De todos modos, Pete y yo siempre hemos dicho que nada de lágrimas ni algo por el estilo. Es el tercer matrimonio de cada uno de nosotros, y somos independientes. Seamos independientes, decimos siempre. Él me dijo: «Si me liquidan, tú sigue adelante y no llores. Cásate otra vez y no pienses en mí.»

—Ahora que recuerdo —dijo Mildred—. ¿Visteis, anoche, en la televisión la aventura amorosa de cinco minutos de Clara Dove? Bueno, pues se refería a esa mujer que...

Montag no habló, y contempló los rostros de las mujeres, del mismo modo que, en una ocasión, había observado los rostros de los santos en una extraña iglesia en que entró siendo niño. Los rostros de aquellos muñecos esmaltados no significaban nada para él, pese a que les hablaba y pasaba muchos ratos en aquella iglesia, tratando de identificarse con la religión, de averiguar qué era la religión, intentando absorber el suficiente incienso y polvillo del lugar para que su sangre se sintiera afectada por el significado de aquellos hombres y mujeres descoloridos, con los ojos de porcelana y los labios rojos como rubíes. Pero no había nada, nada; era como un paseo por otra tienda, y su moneda era extraña y no podía utilizarse allí, y no sentía ninguna emoción, ni siquiera cuando tocaba la madera, el yeso y la arcilla. Lo mismo le ocurría entonces, en su propio salón, con aquellas mujeres rebullendo en sus butacas bajo la mirada de él, encendiendo cigarrillos, exhalando nubes de humo, tocando sus cabelleras descoloridas y examinando sus enrojecidas uñas que parecían arder bajo las miradas de él. Los rostros de las mujeres fueron poniéndose tensos en el silencio. Se adelantaron en sus asientos al oír el sonido que produjo Montag cuando tragó el último bocado de comida. Escucharon la respiración febril de él. Las tres vacías paredes del salón eran como pálidos párpados de gigantes dormidos, vacíos de sueños. Montag tuvo la impresión de que si tocaba aquellos tres párpados sentiría un ligero sudor salobre en la punta de los dedos. La transpiración fue aumentando con el silencio, así como el temblor no audible que rodeaba a las tres mujeres, llenas de tensión. En cualquier momento, podían lanzar un largo siseo y estallar.

Montag movió los labios.

—Charlemos.

Las mujeres dieron un respingo y se le quedaron mirando.

—¿Cómo están sus hijos, Mrs. Phelps? —preguntó él.

—¡Sabe que no tengo ninguno! ¡Nadie en su sano juicio los tendría, bien lo sabe Dios! —exclamó Mrs. Phelps, no muy segura de por qué estaba furiosa contra aquel hombre.

—Yo no afirmaría tal cosa —dijo Mrs. Bowles—. He tenido *dos* hijos mediante una cesárea. No tiene objeto pasar tantas molestias por un bebé. El mundo ha de reproducirse, la raza ha de seguir adelante. Además, hay veces en que salen igualitos a ti, y eso resulta agradable. Con dos cesáreas, estuve lista. Sí, señor. ¡Oh! Mi doctor dijo que las cesáreas no son imprescindibles, que tenía buenas caderas, que todo iría normalmente, pero yo insistí.

—Con cesárea o sin ella, los niños resultan ruinosos. Estás completamente loca —dijo Mrs. Phelps.

—Tengo a los niños en la escuela nueve días de cada diez. Me entiendo con ellos cuando vienen a casa, tres días al mes. No es completamente insoportable. Los pongo en el «salón» y conecto el televisor. Es como lavar ropa; meto la colada en la máquina y cierro la tapadera. —Mrs. Bowles rió entre dientes—. Son tan capaces de besarme como de pegarme una patada. ¡Gracias a Dios, yo también sé pegarlas!

Las mujeres rieron sonoramente.

Mildred permaneció silenciosa un momento y, luego, al ver que Montag seguía junto a la puerta, dio una palmada.

—¡Hablemos de política, así Guy estará contento!

—Me parece estupendo —dijo Mrs. Bowles—. Voté en las últimas elecciones, como todo el mundo, y lo hice por el presidente Noble. Creo que es uno de los hombres más atractivos que han llegado a la presidencia.

—Pero, ¿qué me decís del hombre que presentaron frente a él?

—No era gran cosa, ¿verdad? Pequeñajo y tímido. No iba muy bien afeitado y apenas sabía peinarse.

—¿Qué idea tuvieron los «Outs» para presentarlo? No es posible contender con un hombre tan bajito contra otro tan alto. Además, tartamudeaba. La mitad del tiempo no entendí lo que decía. Y no *podía* entender las palabras que oía.

—También estaba gordo y no intentaba disimularlo con su modo de vestir. No es extraño que la masa votara por Winston Noble. Incluso los hombres ayudaron. Comparad a Winston Noble con Hubber Hoag durante diez segundos, y ya casi pueden adivinarse los resultados.

—¡Maldita sea! —gritó Montag—. ¿Qué saben ustedes de Hoag y de Noble?

—¡Caramba! No hace ni seis meses que estuvieron en esa mismísima pared. Uno de ellos se rascaba incesantemente la nariz. Me ponía muy nerviosa.

—Bueno, Mr. Montag —dijo Mrs. Phelps—, ¿querría que votásemos por un hombre así?

Mildred mostró una radiante sonrisa.

—Será mejor que te apartes de la puerta, Guy, y no nos pongas nerviosas.

Pero Montag se marchó y regresó al instante con un libro en la mano.

—¡Guy!

—¡Maldito sea todo, maldito sea todo, maldito sea!

—¿Qué tienes ahí? ¿No es un libro? Creía que, ahora, toda la enseñanza especial se hacía mediante películas. —Mrs. Phelps parpadeó—. ¿Está estudiando la teoría de los bomberos?

—¡Al diablo la teoría! —dijo Montag—. Esto es poesía.

—Montag.

Un susurro.

—¡Dejadme tranquilo!

Montag se dio cuenta de que describió un gran círculo, mientras gritaba y gesticulaba.

—Montag, detente, no...

—¿Las has *oído,* has oído a esos monstruos hablar de monstruos? ¡Oh, Dios! ¡De qué modo charlan sobre la gente y sobre sus propios hijos y sobre ellas mismas, y también respecto a sus esposos, y sobre la guerra, malditas sean!, y aquí están, y no puedo creerlo.

—He de participarle que no he dicho ni una sola palabra acerca de ninguna guerra —replicó Mrs. Phelps.

—En cuanto a la poesía, la detesto —djo Mrs. Bowles.

—¿Ha leído alguna?

—Montag. —La voz de Faber resonó en su interior—. Lo hundirá todo. ¡Cállese, no sea estúpido!

Las tres mujeres se habían puesto en pie.

—¡Siéntense!

Se sentaron.

—Me marcho a casa —tartamudeó Mrs. Bowles.

—Montag, Montag, por favor, en nombre de Dios, ¿qué se propone usted? —suplicó Faber.

—¿Por qué no nos lee usted uno de esos poemas de su librito? —propuso Mrs. Phelps—. Creo que sería muy interesante.

—¡Eso no está bien! —gimió Mrs. Bowles—. No podemos hacerlo.

—Bueno, mira a Mr. Montag, él lo desea, se nota. Y si escuchamos atentamente, Mr. Montag estará contento y, luego, quizá podamos dedicarnos a otra cosa.

La mujer miró, nerviosa, el extenso vacío de las paredes que les rodeaban.

—Montag, si sigue con esto cortaré la comunicación, cerraré todo contacto —susurró el auricular en su oído—. ¿De qué sirve esto, qué desea demostrar?

—¡Pegarles un susto tremendo, sólo eso! ¡Darles un buen escarmiento!

Mildred miró a su alrededor.

—Oye, Guy, ¿con *quién* estás hablando?

Una aguja de plata taladró el cerebro de Montag.

—Montag, escuche, sólo hay una escapatoria, diga que se trata de una broma, disimule, finja no estar enfadado. Luego, diríjase al incinerador de pared y eche el libro dentro.

Mildred anticipó esto con voz temblorosa.

—Amigas, una vez al año, cada bombero está autorizado para llevarse a casa un libro de los viejos tiempos, a fin de mostrar a su familia cuán absurdo era todo, cuán nervioso puede poner a uno esas cosas, cuán demente. La sorpresa que Guy nos reserva para esta noche es leernos una muestra que revela lo embrolladas que están las cosas. Así pues, ninguna de nosotras tendrá que preocuparse nunca más acerca de esa basura, ¿no es *verdad*?

—Diga «sí».

Su boca se movió como la de Faber:

—Sí.

Mildred se apoderó del libro, al tiempo que lanzaba una carcajada.

—¡Dame! Lee éste. No, ya lo cojo yo. Aquí está ese verdaderamente divertido que has leído en voz alta hace un rato. Amigas, no entenderéis ni una palabra. Sólo dice despropósitos. Adelante, Guy, es en esta página.

Montag miró la página abierta.

Una mosca agitó levemente las alas dentro de su oído.

—Lea.

—¿Cómo se titula?

—*Paloma en la playa.*

Tenía la boca insensible.

—Ahora, léelo en voz alta y clara, y hazlo *lentamente*.

En la sala, hacía un calor sofocante; Montag se sentía lleno de fuego, lleno de frialdad; estaban sentados en medio de un desierto vacío, con tres sillas y él en pie, balanceándose, mientras esperaba a que Mrs. Phelps terminara de alisarse el borde de su vestido, y a que Mrs. Bowles apartara los dedos de su cabello. Después, empezó a leer con voz lenta y vacilante, que fue afirmándose a medida que progresaba de línea. Y su voz atravesó un desierto, la blancura, y rodeó a las tres mujeres sentadas en aquel gigantesco vacío.

El Mar es Fe
Estuvo una vez lleno, envolviendo la tierra.
Yacía como los pliegues de un brillante manto dorado.
Pero, ahora, sólo escucho
Su retumbar melancólico, prolongado, lejano,

En receso, al aliento
Del viento nocturno, junto al melancólico borde
De los desnudos guijarros del mundo.

Los sillones en que se sentaban las tres mujeres crujieron.

Montag terminó:

Oh, amor, seamos sinceros
El uno con el otro. Por el mundo que parece
Extenderse ante nosotros como una tierra de ensueños,
Tan diversa, tan bella, tan nueva,
Sin tener en realidad ni alegría, ni amor, ni luz,
Ni certidumbre, ni sosiego, ni ayuda en el dolor;
Y aquí estamos nosotros como en lóbrega llanura,
Agitados por confusos temores de lucha y de huida,
Donde ignorantes ejércitos se enfrentan cada noche.

Mrs. Phelps estaba llorando.

Las otras, en medio del desierto, observaban su llanto que iba acentuándose al mismo tiempo que su rostro se contraía y deformaba. Permanecieron sentadas, sin tocarla, asombradas ante aquel espectáculo. Ella sollozaba incontenibleмente. El propio Montag estaba sorprendido y emocionado.

—Vamos, vamos —dijo Mildred—. Estás bien, Clara, vamos, Clara, deja de llorar. Clara, ¿qué *ocurre*?

—Yo... yo —sollozó Mrs. Phelps—. No lo sé, no lo sé, es que no lo sé. ¡Oh, no...!

Mrs. Bowles se levantó y miró, furiosa, a Montag.

—¿Lo ve? Lo sabía, eso era lo que quería demostrar. Sabía que había de ocurrir. Siempre lo he dicho, poesía y lágrimas, poesía y suicidio y llanto y sentimientos terribles, poesía y enfermedad. ¡Cuánta basura! Ahora, acabo de comprenderlo. ¡Es usted muy malo, Mr. Montag, es usted *muy malo*!

Faber dijo:

—Ahora...

Montag sintió que se volvía y, acercándose a la abertura que había en la pared, arrojó el libro a las llamas que aguardaban.

—Tontas palabras, tontas y horribles palabras que acaban por herir —dijo Mrs. Bowles—. ¿Por qué *querrá* la gente herir al prójimo? Como si no hubiera suficiente maldad en el mundo, hay que preocupar a la gente con material de este estilo.

—Clara, vamos, Clara —suplicó Mildred, tirando de un brazo—. Vamos, mostrémonos alegres, conecta ahora la «familia». Adelante. Riamos y seamos felices. Vamos, deja de llorar, estamos celebrando una reunión.

—No —dijo Mrs. Bowles—. Me marcho directamente a casa. Cuando quieras visitar mi casa y mi «familia», magnífico. ¡Pero no volveré a poner los pies en esta absurda casa!

—Váyase a casa. —Montag fijó los ojos en ella, serenamente—. Váyase a casa y piense en su primer marido divorciado, en su segundo marido muerto en un reactor y en su tercer esposo destrozándose el cerebro. Váyase a casa y piense en eso, y en su maldita cesárea también y en sus hijos, que la odian profundamente. Váyanse a casa y piensen en cómo ha sucedido todo y en si han hecho alguna vez algo para impedirlo. ¡A casa, a casa! —vociferó Montag—. Antes de que las derribe de un puñetazo y las eche a patadas.

Las puertas golpearon y la casa quedó vacía. Montag se quedó solo en la fría habitación, cuyas paredes tenían un color de nieve sucia.

En el cuarto de baño se oyó agua que corría. Montag escuchó cómo Mildred sacudía en su mano las tabletas de dormir.

—Tonto, Montag, tonto. ¡Oh, Dios, qué tonto! —repetía Faber en su oído.

—¡Cállese!

Montag se quitó la bolita verde de la oreja y se la guardó en un bolsillo.

El aparato crepitó débilmente: «...Tonto... tonto...»

Montag registró la casa y encontró los libros que Mildred había escondido apresuradamente detrás del refrigerador. Faltaban algunos, y Montag comprendió que ella había iniciado por su cuenta el lento proceso de dispersar la dinamita que había en su casa, cartucho por cartucho. Pero Montag no se sentía furioso, sólo agotado y sorprendido de sí mismo. Llevó los libros al patio posterior y los ocultó en los arbustos contiguos a la verja que daba al callejón. Sólo por aquella noche, pensó, en caso de que ella decida seguir utilizando el fuego.

Regresó a la casa.

—¿Mildred?

Llamó a la puerta del oscuro dormitorio. No se oía ningún sonido.

Fuera, atravesando el césped, mientras se dirigía hacia su trabajo, Montag trató de no ver cuán completamente oscura y desierta estaba la casa de Clarisse McClellan...

Mientras se encaminaba hacia la ciudad, Montag estaba tan completamente embebido en su terrible error que experimentó la necesidad de una bondad y cordialidad ajena, que nacía de una voz familiar y suave que hablaba en la noche. En aquellas cortas horas le parecía ya que había conocido a Faber toda la vida. Entonces, comprendió que él era, en realidad, dos personas, que por encima de todo era Montag, quien nada sabía, quien ni siquiera se había dado cuenta de que era un tonto, pero que lo sospechaba. Y supo que era también el viejo que le hablaba sin cesar, en tanto que el «Metro» era absorbido desde un extremo al otro de la ciudad, con uno de aquellos prolongados y mareantes sonidos de succión. En los días subsiguientes, y en las noches en que no hubiera luna, o en las que brillara con fuerza sobre la tierra, el viejo seguiría hablando incesantemente, palabra por palabra, sílaba por sílaba, letra por letra. Su mente acabaría por imponerse y ya no sería más Montag, esto era lo que le decía el viejo, se lo aseguraba, se lo prometía. Sería Montag más Faber, fuego más agua. Y luego, un día, cuando todo hubiese estado listo y preparado en silencio, ya no habría ni fuego ni agua, sino vino. De dos cosas distintas y opuestas, una tercera. Y, un día, volvería la cabeza para mirar al tonto y lo reconocería. Incluso en aquel momento percibió el inicio del largo viaje, la despedida, la separación del ser que hasta entonces había sido.

Era agradable escuchar el ronroneo del aparatito, el zumbido de mosquito adormilado y el delicado murmullo de la voz del viejo, primero, riñéndole y, después, consolándole, a aquella hora tan avanzada de la noche, mientras salía del caluroso «Metro» y se dirigía hacia el mundo del cuartel de bomberos.

—¡Lástima, Montag, lástima! No les hostigues ni te burles de ellos. Hasta hace muy poco, tú también has sido uno de esos hombres. Están tan confiados que siempre seguirán así. Pero no conseguirán escapar. Ellos no saben que esto no es más que un gigantesco y deslumbrante meteoro que deja una hermosa estela en el espacio, pero que algún día tendrá que producir un *impacto*. Ellos sólo ven el resplandor, la hermosa estela, lo mismo que la veía usted.

»Montag, los viejos que se quedan en casa, cuidando sus delicados huesos, no tienen derecho a criticar. Sin embargo, ha estado a punto de estropearlo todo desde el principio. ¡Cuidado! Estoy con usted, no lo olvide. Me hago cargo de cómo ha ocurrido todo. Debo admitir que su rabia ciega me ha dado nuevo vigor. ¡Dios mío, cuán joven me he sentido! Pero, ahora... Ahora quiero que usted se sienta viejo, quiero que parte de mi cobardía se destile ahora en usted. Las siguientes horas, cuando vea al capitán Beatty, manténgase cerca de él, *déjeme* que le oiga, que perciba bien la situación. Nuestra meta es la supervivencia. Olvídese de esas pobres, solas y estúpidas mujeres...

—Creo que hace años que no eran tan desgraciadas —dijo Montag—. Me ha sorprendido ver llorar a Mrs. Phelps. Tal vez tengan razón, quizá sea mejor no enfrentarse con los hechos, huir, divertirse. No lo sé. Me siento culpable...

—¡No, no debe sentirse! Si no hubiese guerra, si reinara paz en el mundo, diría, estupendo, *divertíos*. Pero, Montag, no debe volver a ser simplemente un bombero. No todo anda bien en el mundo.

Montag empezó a sudar.

—Montag, ¿me escucha?

—Mis pies —dijo Montag—. No puedo moverlos. ¡Me siento tan condenadamente tonto! ¡Mis pies no quieren moverse!

—Escuche. Tranquilícese —dijo el viejo con voz suave—. Lo sé, lo sé. Teme usted cometer errores. *No* tema. De los errores, se puede sacar provecho. ¡Si cuando yo era joven arrojaba mi ignorancia a la cara de la gente! Me golpeaban con bastones. Pero cuando cumplí los cuarenta años mi romo instrumento había sacado una fina y aguzada punta. Si esconde usted su ignorancia, nadie le atacará y nunca llegará a aprender. Ahora mueva esos pies, y directo al cuartel de bomberos. Seamos gemelos, ya no estamos nunca solos. No estamos separados en diversos salones sin contacto entre ambos. Si necesita ayuda cuando Beatty empiece a hacerle preguntas yo estaré sentado aquí, junto a su tímpano, tomando notas.

Montag sintió que el pie derecho y, después, el izquierdo empezaban a moverse.

—Viejo —dijo—, quédese *conmigo*.

El Sabueso Mecánico no estaba. Su perrera aparecía vacía y en el cuartel reinaba un silencio total, en tanto que la salamandra anaranjada dormía con la barriga llena de petróleo y las mangueras lanzallamas cruzadas sobre sus flancos. Montag penetró en aquel silencio, tocó la barra de latón y se deslizó hacia arriba, en la oscuridad, volviendo la cabeza para observar la perrera desierta, sintiendo que el corazón se le aceleraba después, se tranquilizaba, luego, se aceleraba otra vez. Por el momento, Faber parecía haberse quedado dormido.

Beatty estaba junto al agujero, esperando, pero de espaldas, como si no prestara ninguna atención.

—Bueno —dijo a los hombres que jugaban a las cartas—, ahí llega un bicho muy extraño que en todos los idiomas recibe el nombre de tonto.

Alargó una mano de lado, con la palma hacia arriba, en espera de un obsequio. Montag puso el libro en ella. Sin ni siquiera mirar el título, Beatty lo tiró a la papelera y encendió un cigarrillo.

—Bien venido, Montag. Espero que te quedes con nosotros, ahora que te ha pasado la fiebre y ya no estás enfermo. ¿Quieres sentarte a jugar una mano de póquer?

Se instalaron y distribuyeron los naipes. En presencia de Beatty, Montag se sintió lleno de culpabilidad. Sus dedos eran como hurones que hubiesen cometido alguna fechoría y ya nunca pudiesen descansar, siempre agitados y ocultos en los bolsillos, huyendo de la mirada penetrante de Beatty, Montag tuvo la sensación de que si Beatty hubiese llegado a lanzar su aliento sobre ellos, sus manos se marchitarían, irían deformándose y nunca más recuperarían la vida; habrían de permanecer enterradas para siempre en las mangas de su chaqueta, olvidadas. Porque aquéllas eran las manos que habían obrado por su propia cuenta, independientemente de él, fue en ellas donde se manifestó primero el impulso de apoderarse de libros, de huir con Job y Ruth y Shakespeare; y, ahora, en el cuartel, aquellas manos parecían bañadas en sangre.

Dos veces en media hora, Montag tuvo que dejar la partida e ir al lavabo a lavarse las manos. Cuando regresaba, las ocultaba bajo la mesa.

Beatty se echó a reír.

—Muéstranos tus manos, Montag. No es que desconfiemos de ti, compréndelo, pero...

Todos se echaron a reír.

—Bueno —dijo Beatty—, la crisis ha pasado y todo está bien. La oveja regresa al redil. Todos somos ovejas que alguna vez se han extraviado. La verdad es la verdad. Al final de nuestro camino, hemos llorado. Aquellos a quienes acompañan nobles sentimientos nunca están solos, nos hemos gritado. *Dulce alimento de la sabiduría manifestada dulcemente*, dijo Sir Philip

Sidney. Pero por otra parte: *Las palabras son como hojas, y cuanto más abundan raramente se encuentra debajo demasiado fruto o sentido*, Alexander Pope. ¿Qué opinas de esto?

—No lo sé.

—¡Cuidado! —susurró Faber, desde otro mundo muy lejano.

—¿O de esto? *Un poco de instrucción es peligrosa. Bebe copiosamente, o no pruebes el manantial de la sabiduría; esas corrientes profundas intoxican el cerebro, y beber en abundancia nos vuelve a serenar*, Pope. El mismo ensayo. ¿Dónde te deja esto?

Montag se mordió los labios.

—Yo te lo diré —prosiguió Beatty, sonriendo a sus naipes—. Esto te ha embriagado durante un breve plazo. Lee algunas líneas y te caes por el precipicio. Vamos, estás dispuesto a trastornar el mundo, a cortar cabezas, a aniquilar mujeres y niños, a destruir la autoridad. Lo sé, he pasado por todo ello.

—Ya estoy bien —dijo Montag, muy nervioso.

—Deja de sonrojarte. No estoy pinchándote, de veras que no. ¿Sabes? Hace una hora he tenido un sueño. Me había tendido a descabezar un sueñecito. Y, en este sueño, tú y yo, Montag, nos enzarzamos en un furioso debate acerca de los libros. Tú estabas lleno de rabia, me lanzabas citas. Yo paraba, con calma, cada ataque. *Poder*, he dicho. Y tú, citando al doctor Johnson, has replicado: *¡El conocimiento es superior a la fuerza!* Y yo he dicho: «Bueno, querido muchacho», el doctor Johnson también dijo: *Ningún hombre sensato abandonará una cosa cierta por otra insegura*. Quédate con los bomberos, Montag. ¡Todo lo demás es un caos terrible!

—No le hagas caso —susurró Faber—. Está tratando de confundirte. Es muy astuto. ¡Cuidado!

Beatty rió entre dientes.

—Y tú has replicado, también con una cita: *La verdad saldrá a la luz, el crimen no permanecerá oculto mucho tiempo*. Y yo he gritado de buen humor: *¡Oh, Dios! ¡Sólo* está hablando de su caballo! Y: *El diablo puede citar las Escrituras para conseguir sus fines.* Y tú has vociferado: *Esta época hace más caso de un tonto con oropeles que de un santo andrajoso, de la escuela de la sabiduría.* Y yo he susurrado amablemente: *La dignidad de la verdad se pierde con demasiadas protestas.* Y tú has berreado: *Las carroñas sangran ante la presencia del asesino.* Y yo he dicho, palmoteándote una mano: ¿*Cómo? ¿Te produzco anginas?* Y tú has chillado: *¡La sabiduría es poder!* Y: *Un enano sobre los hombros de un gigante es el más alto de los dos.* Y yo he resumido mi opinión con extraordinaria serenidad: *La tontería de confundir una metáfora con una prueba, un torrente de verborrea con un manantial de verdades básicas, y a sí mismo con un oráculo, es innato en nosotros,* dijo Valéry en una ocasión.

Montag meneó la cabeza doloridamente. Le parecía que le golpeaban implacablemente en la frente, en los ojos, en la nariz, en los labios, en la barbilla, en los hombros, en los brazos levantados. Deseaba gritar: «¡No! ¡Calla! ¡Estás tergiversando las cosas, detente!» Beatty alargó la mano para coger una muñeca del otro.

—¡Caramba, vaya pulso! Te he excitado mucho, ¿verdad, Montag? ¡Válgame Dios! Su pulso suena como el día después de la guerra. ¡Todo son sirenas y campanas! ¿He de decir algo más? Me gusta tu expresión de pánico. Swahili, indio, inglés... ¡Hablo todos los idiomas! ¡Ha sido un excelente y estúpido discurso!

—¡Montag, resista! —La vocecita sonó en el oído de Montag—. ¡Está enfangando las aguas!

—Oh, te has asustado tontamente —dijo Beatty— porque he hecho algo terrible al utilizar esos libros a los que tú te aferrabas, en rebatirte todos los puntos. ¡Qué traidores pueden ser los libros! Te figuras que te apoyan, y se vuelven contra ti. Otros pueden utilizarlos también, y ahí estás perdido en medio del pantano, entre un gran tumulto de nombres, verbos y adjetivos. Y, al final de mi sueño, me he presentado con la salamandra y he dicho: «¿Vas por mi camino?» Y tú has subido y hemos regresado al cuartel en medio de un silencio beatífico, llenos de un profundo sosiego. —Beatty soltó la muñeca de Montag, dejó la mano fláccidamente apoyada en la mesa—. A buen fin, no hay mal principio.

Silencio. Montag parecía una estatua tallada en piedra. El eco del martillazo final en su cerebro fue apagándose lentamente en la oscura cavidad donde Faber esperaba a que esos ecos desapareciesen. Y, entonces, cuando el polvo empezó a depositarse en el cerebro de Montag, Faber empezó a hablar, suavemente:

—Está bien, ha dicho lo que tenía que decir. Debe de aceptarlo. Yo también diré lo que debo en las próximas horas. Y usted lo aceptará. Y tratará de juzgarlas y podrá decidir hacia qué lado saltar, o caer. Pero quiero que sea su decisión, no la mía ni la del capitán. Sin embargo, recuerde que el capitán pertenece a los enemigos más peligrosos de la verdad y de la libertad, al sólido e inconmovible ganado de la mayoría. ¡Oh, Dios! ¡La terrible tiranía de la mayoría! Todos tenemos nuestras arpas para tocar. Y, ahora, le corresponderá a usted saber con qué oído quiere escuchar.

Montag abrió la boca para responder a Faber. Le salvó de este error que iba a cometer en presencia de los otros el sonido del timbre del cuartel. La voz de alarma proveniente del techo se dejó oír. Hubo un tictac cuando el teléfono de alarma mecanografió la dirección. El capitán Beatty, con las cartas de póquer en una mano, se acercó al teléfono con exagerada lentitud y arrancó la dirección cuando el informe hubo terminado. La miró fugazmente y se la metió en el bolsillo. Regresó y volvió a sentarse a la mesa.

Los demás le miraron.

—Eso puede esperar cuarenta segundos exactos, que es lo que tardaré en acabar de desplumaros —dijo Beatty, alegremente.

Montag dejó sus cartas.

—¿Cansado, Montag? ¿Te retiras de la partida?

—Sí.

—Resiste. Bueno, pensándolo bien, podemos terminar

luego esta mano. Dejad vuestros naipes boca abajo y preparad el equipo. Ahora será doble. —Y Beatty volvió a levantarse—. Montag, ¿no te encuentras bien? Sentiría que volvieses a tener fiebre.. .

—Estoy bien.

—¡Magnífico! Éste es un caso especial. ¡Vamos, apresúrate!

Saltaron al aire y se agarraron a la barra de latón como si se tratase del último punto seguro sobre la avenida que amenazaba ahogarles; luego, con gran decepción por parte de ellos, la barra de metal les bajó hacia la oscuridad, a las toses, al resplandor y la succión del dragón gaseoso que cobraba vida.

—¡Eh!

Doblaron una esquina con gran estrépito del motor y la sirena, con chirrido de ruedas, con un desplazamiento de la masa del petróleo en el brillante tanque de latón, como la comida en el estómago de un gigante, mientras los dedos de Montag se apartaban de la barandilla plateada, se agitaban en el aire, mientras el viento empujaba el pelo de su cabeza hacia atrás. El viento silbaba entre sus dientes, y él pensaba sin cesar en las mujeres, en aquellas charlatanas de aquella noche en su salón, y en la absurda idea de él de leerles un libro. Era tan insensato y demente como tratar de apagar un fuego con una pistola de agua. Una rabia sustituida por otra. Una cólera desplazando a otra. ¿Cuándo dejaría de estar furioso y se tranquilizaría, y se quedaría completamente tranquilo?

—¡Vamos allá!

Montag levantó la cabeza. Beatty nunca guiaba, pero esta noche sí lo hacía, doblando las esquinas con la salamandra, inclinado hacia delante en el asiento del conductor, con su maciza capa negra agitándose a su espalda, lo que le daba el aspecto de un enorme murciélago que volara sobre el vehículo, sobre los números de latón, recibiendo todo el viento.

—¡Allá vamos para que el mundo siga siendo feliz, Montag!

Las mejillas sonrojadas y fosforescentes de Beatty brillaban en la oscuridad, y el hombre sonreía furiosamente.

—¡Ya hemos llegado!

La salamandra se detuvo de repente, sacudiendo a los hombres. Montag permaneció con la mirada fija en la brillante barandilla de metal que apretaba con toda la fuerza de sus puños.

«No puedo hacerlo —pensó—. ¿Cómo puedo realizar esta nueva misión, cómo puedo seguir quemando cosas? No me será posible entrar en ese sitio.»

Beatty, con el olor del viento a través del cual se había precipitado, se acercó a Montag.

—¿Todo va bien, Montag?

Los hombres se movieron como lisiados con sus embarazosas botas, tan silenciosos como arañas.

Montag acabó por levantar la mirada y volverse. Beatty estaba observando su rostro.

—¿Sucede algo, Montag?

—Caramba —dijo éste, con lentitud—. Nos hemos detenido delante de mi casa.

Tercera parte

FUEGO VIVO

Las luces iban encendiéndose y las puertas de las casas abriéndose a todo lo largo de la calle para observar el espectáculo que se preparaba. Montag y Beatty miraban, el uno con seca satisfacción, el otro con incredulidad, la casa que tenían delante, aquella pista central en la que se agitarían antorchas y se comería fuego.

—Bueno —dijo Beatty—; ahora lo has *conseguido*. El viejo Montag quería volar cerca del sol y ahora que se ha quemado las malditas alas se pregunta por qué. ¿No te insinué lo suficiente al enviar el Sabueso a merodear por aquí?

El rostro de Montag estaba totalmente inmóvil e inexpresivo; sintió que su cabeza se volvía hacia la casa contigua, bordeada por un colorido macizo de flores.

Beatty lanzó un resoplido.

—¡Oh, no! No te dejarías engañar por la palabrería de esa pequeña estúpida, ¿eh? Flores, mariposas, hojas, puestas de sol... ¡Oh, diablo! Aparece todo en su archivo. Que me ahorquen. He dado en el blanco. Fíjate en el aspecto enfermizo que tienes. Unas pocas briznas de hierba y las fases de la luna. ¡Valiente basura! ¿Qué pudo ella *conseguir* con todo eso?

Montag se sentó en el frío parachoques del vehículo, desplazando la cabeza un par de centímetros a la izquierda, un par de centímetros a la derecha, izquierda, derecha, izquierda, derecha, izquierda...

—Ella lo veía todo. Nunca hizo daño a nadie. Sólo los dejaba tranquilos.

—¿Tranquilos? ¡Narices! Revoloteaba a tu alrededor, ¿verdad? Uno de esos malditos seres cargados de buenas intenciones y con cara de no haber roto nunca un plato, cuyo único talento es hacer que los demás se sientan culpables. ¡Aparecen como el sol de medianoche para hacerle sudar a uno en la cama!

La puerta de la casa se abrió; Mildred bajó los escalones corriendo, con una maleta colgando rígidamente de una mano, en tanto que un taxi se detenía junto al bordillo.

—¡Mildred!

Ella cruzó corriendo, con el cuerpo rígido, el rostro cubierto de polvos, la boca invisible, sin carmín.

—¡Mildred, *no has sido* tú quien ha dado la alarma!

Ella metió la maleta en el taxi, subió al vehículo y se sentó, mientras murmuraba:

—¡Pobre familia, pobre familia! ¡Oh! ¡Todo perdido, todo, todo perdido...!

Beatty cogió a Montag por un hombro, mientras el taxi arrancaba veloz y alcanzaba los cien kilómetros por hora antes de llegar al extremo de la calle.

Se produjo un chasquido, como el de la caída de los fragmentos de un sueño confeccionado con cristal, espejos y prismas. Montag se volvió como si otra incomprensible tormenta le hubiese sacudido, y vio a Stoneman y a Black que, empuñando las hachas, rompían los cristales de las ventanas para asegurar una buena ventilación.

El roce de las alas de una mariposa contra una fría y negra tela metálica.

—Montag, aquí Faber. ¿Me oye? ¿Qué ocurre?

—Esto me ocurre *a mí* —dijo Montag.

—¡Qué terrible sorpresa! —dijo Beatty—. Porque actualmente todos saben, están totalmente *seguros,* de que nunca ha de ocurrirme a *mí.* Otros mueren y *yo* sigo adelante. No hay consecuencias ni responsabilidades. Pero sí las *hay.* Mas no hablemos de ellas, ¿eh? Cuando compruebas las consecuencias, ya es demasiado tarde, ¿verdad, Montag?

—Montag, ¿puede marcharse, echar a correr? —preguntó Faber.

Montag anduvo, pero no sintió cómo sus pies tocaban el cemento ni el césped. Beatty encendió su encendedor y la pequeña llama anaranjada fascinó a Montag.

—¿Qué hay en el fuego que lo hace tan atractivo? No importa la edad que tengamos, ¿qué nos atrae hacia él? —Beatty apagó de un soplo la llama y volvió a encenderla—. Es el movimiento continuo, lo que el hombre quiso inventar, pero nunca lo consiguió. O el movimiento casi continuo. Si se la dejara arder, lo haría durante toda nuestra vida. ¿Qué es el fuego? Un misterio. Los científicos hablan mucho de fricción y de moléculas. Pero en realidad no lo saben. Su verdadera belleza es que destruye responsabilidad y consecuencias. Si un problema se hace excesivamente pesado, al fuego con él. Ahora, Montag, tú eres un problema. Y el fuego te quitará de encima de mis hombros, limpia, rápida, seguramente. Después, nada quedará enraizado. Antibiótico, estético, práctico.

Montag se quedó mirando aquella extraña casa, que la hora de la noche, los murmullos de los vecinos, y el cristal quebrado habían convertido en algo ajeno a él; y allí en el suelo, con las cubiertas desgarradas y esparcidas como plumas de cisnes, yacían los increíbles libros que parecían tan absurdos. Verdaderamente, era indigno preocuparse por ellos, porque no eran más que rayitas negras, papel amarillento y encuadernación semideshecha.

Mildred, desde luego. Debió vigilarle cuando escondía los libros en el jardín, y había vuelto a entrarlos. Mildred, Mildred.

—Quiero que seas tú quien realice ese trabajo, Montag. Tú solo. No con petróleo y una cerilla, sino a mano, con un lanzallamas. Es tu casa y tú debes limpiarla.

—¡Montag, procure huir, marcharse!

—¡No! —gritó Montag con impotencia—. ¡El Sabueso! ¡A causa del Sabueso!

Faber oyó, y Beatty, pensando que el otro hablaba con él, también le oyó.

—Sí, el Sabueso está por ahí cerca, de modo que no intentes ningún truco. ¿Listo?

—Listo.

Montag abrió el seguro del lanzallamas.

—¡Fuego!

Un chorro llameante salió desde la boquilla del aparato y golpeó los libros contra la pared. Montag entró en el dormitorio y disparó dos veces, y las camas gemelas se volatilizaron exhalando un susurro, con más calor, pasión y luz de las que él había supuesto que podían contener. Montag quemó las paredes del dormitono, el tocador, porque quería cambiarlo todo, las sillas, las mesas y, en el comedor, los platos de plástico y de plata, todo lo que indicara que él había vivido allí, en aquella casa vacía, con una mujer desconocida que mañana le olvidaría, que se había marchado y le había olvidado ya por completo, escuchando su radio auricular mientras atravesaba la ciudad, sola. Y como antes, era bueno quemar. Montag se sintió borbotear en las llamas y el insensato problema fue arrebatado, destruido, dividido y ahuyentado. Si no había solución... Bueno, en tal caso, tampoco quedaría problema. ¡El fuego era lo mejor para todos!

—¡Los libros, Montag!

Los libros saltaron y bailaron como pájaros asados, con sus alas en llamas con plumas rojas y amarillas.

Y luego, Montag entró en el salón, donde los estúpidos monstruos yacían dormidos con sus pensamientos blancos y sus sueños nebulosos.

Y lanzó una andanada contra cada una de las tres paredes desnudas y el vacío pareció sisear contra él. La desnudez produjo un siseo aún mayor, un chillido insensato. Montag trató de pensar en el vacío sobre el que había actuado la nada, pero no pudo. Contuvo el aliento para que el vacío no penetrara en sus pulmones. Eliminó aquella terrible soledad, retrocedió y dirigió una enorme y brillante llamarada amarillenta a toda la habitación. La cubierta de plástico ignífugo, que había sobre todos los objetos, quedó deshecha y la casa empezó a estremecerse con las llamas.

—Cuando hayas terminado —dijo Beatty a su espalda—, quedarás detenido.

La casa se convirtió en carbones ardientes y ceniza negra. Se derrumbó sobre sí misma y una columna de humo que oscilaba lentamente en el cielo se elevó de ella. Eran las tres y media de la madrugada. La multitud regresó a sus casas, el gran entoldado del circo se había convertido en carbón y desperdicios, y el espectáculo terminó.

Montag permaneció con el lanzallamas en sus fláccidas manos, mientras grandes islas de sudor empapaban sus sobacos, y su rostro estaba lleno de hollín. Los otros bomberos esperaban detrás de él, en la oscuridad, con los rostros débilmente iluminados por el rescoldo de la casa.

Montag trató de hablar un par de veces, y, por fin, consiguió formular su pensamiento.

—¿Ha sido mi esposa la que ha dado la alarma?

Beatty asintió.

—Pero sus amigas habían dado otra con anterioridad. De una u otra manera, tenías que cargártela. Fue una tontería ponerte a recitar poemas por ahí, como si tal cosa. Ha sido el acto de un maldito estúpido. Dale unos cuantos versos a un hombre y se creerá que es el Señor de la Creación. Cree que, con los libros, incluso podrá andar por encima del agua. Bueno, el mundo puede arreglárselas muy bien sin ellos. Fíjate adónde te han conducido, hundido en el barro hasta los labios. Si agito el barro con mi dedo meñique, te ahogas.

Montag no podía moverse. Con el fuego había llegado un tremendo terremoto que había aniquilado la casa y Mildred estaba en algún punto bajo aquellas ruinas, así como su vida entera, y él no podía moverse. El terremoto seguía vibrando en su interior, y Montag permaneció allí, con las rodillas medio dobladas bajo el enorme peso del cansancio, el asombro y el dolor, permitiendo que Beatty le atacara sin que él levantase ni una mano.

—Montag, idiota, Montag, maldito estúpido; ¿qué te ha *impulsado* a hacer esto?

Montag no escuchaba, estaba muy lejos, corría tras de su imaginación, se había marchado, dejando aquel cuerpo cubierto de hollín para que vacilara frente a otro loco furioso.

—¡Montag, márchate de ahí! —dijo Faber.

Montag escuchó.

Beatty le pegó un golpe en la cabeza que le hizo retroceder, dando traspiés. La bolita verde en la que murmuraba la voz de Faber cayó a la acera. Beatty la recogió, sonriendo. La introdujo a medias en una de sus orejas. Oyó la voz remota que llamaba:

—Montag, ¿está usted bien?

Beatty desarmó el pequeño receptor y se lo guardó en un bolsillo.

—Bueno, de modo que aquí hay más de lo que me figuraba. Te he visto inclinar la cabeza, escuchando. De momento, he creído que tenías una radio auricular, pero, después, cuando has empezado a reaccionar, he dudado. Seguiremos la pista de esto, y encontraremos a tu amigo.

—¡No! —exclamó Montag.

Abrió el seguro del lanzallamas. Beatty miró instantáneamente los dedos de Montag, y sus ojos se abrieron levemente. Montag vio la sorpresa que expresaban y, a su vez, se miró las manos, para ver qué habían estado haciendo. Más tarde, al recapacitar sobre la escena, Montag nunca pudo decidir si fueron las manos o la reacción de Beatty para con ellas, lo que le impulsó definitivamente al crimen. El último derrumbamiento de la avalancha resonó en sus oídos, sin afectarle.

Beatty mostró su sonrisa más atractiva.

—Bueno, éste es un buen sistema para conseguir un auditorio. Apunta a un hombre y oblígale a escuchar su discurso. Suéltalo ya. ¿De qué se tratará, esta vez? ¿Por qué no me recitas a Shakespeare, maldito estúpido? *No hay terror, Casio, en tus amenazas, porque estoy tan bien armado de honestidad que pasan junto a mí cual una tenue brisa, que no me causa respeto.* ¿Qué te parece? Adelante, literato de segunda mano, aprieta el gatillo.

Adelantó un paso hacia Montag.

Montag sólo pudo decir:

—Nunca habíamos quemado...

Y, entonces, se produjo una estridente llamarada, y un muñeco saltarín, gesticulante, ya no humano ni identificable, convertido en una llamarada, se retorció sobre el césped, en tanto que Montag lanzaba contra él un chorro continuo de ardiente líquido. Se produjo un siseo como cuando un escupitajo cae sobre el hierro ardiente de una estufa, un borboteo y un espumear, como si se hubiese echado sal sobre un monstruoso caracol negro para producir una terrible licuación y un hervor sobre la espuma amarilla. Montag cerró los ojos, gritó, gritó y forcejeó para llevarse las manos a los oídos, para aislarse de aquel ruido. Beatty giró sobre sí mismo una y otra y otra vez, y, por último, se contrajo sobre sí mismo como un muñeco achicharrado y quedó silencioso.

Los otros dos bomberos no se movieron.

Montag contuvo su mareo el tiempo suficiente para apuntar con el lanzallamas.

—¡Volveos de espaldas!

Ambos obedecieron, con sus rostros totalmente descoloridos y húmedos de sudor; Montag les quitó los cascos y les golpeó en la cabeza. Ambos cayeron sin sentido. Ambos permanecieron tendidos y sin movimiento.

El susurro de una hoja otoñal.

Montag se volvió y el Sabueso Mecánico estaba allí.

Estaba atravesando el césped, surgiendo de las sombras, moviéndose con tal suavidad que parecía una sólida nube de humo blanco grisáceo que flotara hacia él, en silencio.

El Sabueso pegó un último salto y cayó sobre Montag desde arriba, con las patas de araña alargadas y la aguja de procaína asomando en su enfurecido morro. Montag lo recibió con un chorro de fuego, un solo chorro que se abrió en pétalos amarillos, azules y anaranjados en torno al perro de metal, que golpeó contra Montag y le hizo retroceder tres metros, hasta chocar contra el tronco de un árbol; pero no soltó el lanzallamas. Montag sintió que el Sabueso se apoderaba de una de sus piernas y, por un instante, clavaba su aguja en ella, antes de que el fuego lanzara al Sabueso por el aire, hiciera estallar sus huesos de articulaciones de metal, desparramando su mecanismo interior como un cohete arrojado en plena calle. Montag permaneció tendido, observando cómo el aparato se agitaba en el aire y moría. Incluso entonces parecía querer volver junto a él y terminar la inyección que empezaba a causar efecto en la carne de su pierna. Montag experimentó una mezcla de alivio y de horror por haber retrocedido justo a tiempo para que sólo su pierna fuera rozada por el parachoques de un automóvil que pasó a ciento cuarenta kilómetros por hora. Temía levantarse, temía no ser capaz de volver a ponerse en pie, debido a su pierna anestesiada. Un entumecimiento dentro de otro entumecimiento, y así sucesivamente...

¿Y ahora...?

La calle vacía, la casa totalmente quemada, los otros hogares oscuros, el Sabueso allí, Beatty más allá, los otros tres bomberos en otro sitio.

¿Y la salamandra...? Montag miró el enorme vehículo. También tendría que marcharse.

«Bueno —pensó—, veamos cómo estás. ¡En pie! Con cuidado, con cuidado... *Así.*»

Se levantó y descubrió que sólo tenía una pierna. La otra parecía un tronco de árbol que arrastraba como penitencia por algún pecado cometido. Cuando apoyó su pie en ella, una lluvia de alfileres de plata le atravesó la pantorrilla hasta localizarse en la rodilla. Montag lloró. «¡Vamos! ¡Vamos, no puedes quedarte aquí!»

Las luces de algunas casas volvían a encenderse calle abajo, bien a causa de los incidentes que acababan de ocurrir, o debido al silencio que había seguido a la lucha.

Montag lo ignoraba. Cojeó por entre las ruinas tirando de su pierna maltrecha cuando le faltaba, hablando, susurrando y gritando órdenes a aquel miembro, y maldiciendo y rogándole que funcionara, cuando tan vital resultaba para él. Oyó una serie de personas que gritaban en la oscuridad. Montag llegó al patio posterior y al callejón. «Beatty —pensó—, ahora no eres un problema. Siempre habías dicho: "No te enfrentes con un problema, quémalo." Bueno, ahora he hecho ambas cosas. Adiós, capitán.»

Y se alejó cojeando por el lúgubre callejón.

Cada vez que apoyaba el pie en el suelo, un puñal se clavaba en su pierna. Y Montag pensó: «Eres un tonto, un maldito tonto, un idiota, un maldito idiota. En buen lío te has metido. ¿Qué puedes hacer ahora? Por culpa del orgullo, ¡maldita sea!, y del mal carácter. Y lo has estropeado todo. Apenas comienzas, vomitas sobre todos y sobre ti mismo. Pero, todo a la vez, todo conjuntamente, Beatty, las mujeres, Mildred, Clarisse, todo. Sin embargo, no hay excusa, no hay excusa. ¡Un tonto, un maldito tonto! Ve a entregarte por propia voluntad.

»No, salvaremos lo que podamos, haremos lo que se deba hacer. Si hemos de arder, llevémonos a unos cuantos con nosotros. ¡Ea!»

Recordó los libros y retrocedió. Por si acaso.

Encontró unos cuantos allí donde los había dejado, cerca de la verja del jardín. A Mildred, Dios la bendiga, le habían pasado por alto. Cuatro libros estaban ocultos aún, donde él los había dejado. Unas voces murmuraban en la noche, y se veía el resplandor de los haces de unas linternas. Otras salamandras hacían sonar sus motores en la lejanía, y las sirenas de la Policía se abrían paso con su gemido a través de la ciudad.

Montag cogió los cuatro libros restantes y cojeó y saltó callejón abajo y, de repente, le pareció como si le hubiesen cortado la cabeza y sólo su cuerpo estuviese allí. Algo en su interior le indujo a detenerse y, luego, le abatió:

Permaneció donde había caído, con las piernas dobladas y el rostro hundido en la grava.

Beatty había deseado morir.

En medio de su sollozo, Montag comprendió que era verdad. «Beatty quería morir. Permaneció quieto allí, sin tratar de salvarse. Se limitó a permanecer allí, bromeando, hostigándole, pensó Montag. Y este pensamiento fue suficiente para acallar sus sollozos y permitirle hacer una pausa para respirar. ¡Cuán extraño desear tanto la muerte como para permitir a un hombre andar a su alrededor con armas, y, luego, en vez de callar y permanecer vivo, empezar a gritarle a la gente y a burlarse de ella hasta conseguir enfurecerla! Y entonces...»

A lo lejos, ruido de pasos que corrían.

Montag se irguió. «Larguémonos de aquí. Vamos, levántate, levántate, no puedes quedarte ahí sentado.» Pero aún estaba llorando, y había que terminar aquello. Iba a marcharse. No había querido matar a nadie ni siquiera a Beatty. Se le contrajo la carne, como si la hubieran sumergido en un ácido. Sintió náuseas. Volvió a ver a Beatty, convertido en antorcha sin moverse ardiendo en la hierba. Montag se mordió los nudillos. «Lo siento, lo siento. Dios mío, lo siento...»

Trató de encajar las piezas, de volver a la vida normal de algún tiempo atrás, antes de la criba y la arena, del «Dentífrico Denham», de las voces susurradas en su oído, de las mariposas, de las alarmas y las excursiones, demasiado para unos breves días, demasiado para toda una vida.

Unos pies corrieron en el extremo más alejado del callejón.

«Levántate —se dijo Montag—. ¡Maldita sea, levántate!» —dijo a la pierna. Y se puso en pie.

Parecía que le hundieran clavos en la rodilla; y, luego, sólo alfileres; y, por último, un molesto cosquilleo. Y tras arrastrarse y dar otra cincuentena de saltos, llenándose la mano de astillas de la verja, la molestia se hizo, por fin, soportable. Y la pierna acabó por ser su propia pierna. Montag había temido que si corría podría romperse el tobillo insensibilizado. Ahora, aspirando la noche por la boca abierta, y exhalando un tenue aliento, pues toda la negrura había permanecido en su interior, emprendió una caminata a paso acelerado. Llevaba los libros en las manos.

Pensó en Faber.

Faber estaba en aquel humeante montón de carbón que carecía ya de identidad. Había quemado a Faber también. Esta idea le impresionó tanto que tuvo la sensación de que Faber estaba muerto de verdad, totalmente cocido en aquella diminuta cápsula verde perdida en el bolsillo de un hombre que ahora apenas si era un esqueleto, unido con tendones de asfalto.

«Tienes que recordarlo: quémalos o te quemarán —pensó Montag—. En este momento, resulta así de sencillo.»

Buscó en sus bolsillos: el dinero seguía allí. Y en otro bolsillo, encontró la radio auricular normal con la que la ciudad hablaba consigo misma en la fría oscuridad de la madrugada

—Policía, alerta. Se busca: fugitivo en la ciudad. Ha cometido un asesinato y crímenes contra el Estado. Nombre: Guy Montag. Profesión: bombero. Visto por última vez…

Montag corrió sin detenerse durante seis manzanas, siguiendo el callejón. Y, después, éste se abrió sobre una amplia avenida, ancha como seis pistas. «A la cruda luz de las lámparas de arco parecía un río sin barcas; había el peligro de ahogarse tratando de cruzarla», pensó Montag. Era demasiado ancha, demasiado abierta. Era un enorme escenario sin decorados, que le invitaban a atravesarlo corriendo. Con la brillante iluminación era fácil de descubrir, de alcanzar, de eliminar.

La radio auricular susurraba en su oído:

—…alerta a un hombre corriendo… Vigilen a un

hombre corriendo... Busquen a un hombre solo, a pie... Vigilen...

Montag volvió a hundirse en las sombras. Exactamente delante de él había una estación de servicio, resplandeciente de luz, y dos vehículos plateados se detenían ante ella para repostar. Si quería andar, no correr, atravesar con calma la amplia avenida, tenía que estar limpio y presentable. Eso le concedería un margen adicional de seguridad. Si se lavaba y peinaba antes de seguir la marcha para ir... ¿*dónde*?

«Sí —pensó—, ¿hacia dónde *estoy* huyendo?»

A ningún sitio. No había dónde ir, ningún amigo a quien recurrir, excepto Faber. Y, entonces, advirtió que, desde luego, corría instintivamente hacia la casa de Faber. Pero Faber no podría ocultarle; sólo intentarlo, sería un suicidio. Pero sabía que, de todos modos, iría a ver a Faber, durante unos breves minutos. Faber sería el lugar donde poder repostarse de su creencia, que desaparecía rápidamente, en su propia habilidad para sobrevivir. Sólo deseaba saber que en el mundo había un hombre como Faber. Quería ver al hombre vivo y no achicharrado allí, como un cuerpo introducido en otro cuerpo. Y debía dejar parte del dinero a Faber, claro está, para gastarlo cuando él siguiese huyendo. Quizá podría alcanzar el campo abierto y vivir cerca de los ríos o las autopistas, en los campos y las colinas

Un intenso susurro le hizo mirar hacia el cielo.

Los helicópteros de la Policía se elevaban desde un punto tan remoto que parecía como si alguien hubiese soplado una flor seca de diente de león. Dos docenas de ellos zumbaron, oscilaron indecisos a cinco kilómetros de distancia, como mariposas desconcertadas por el otoño. Y después, se lanzaron en picado hacia tierra, uno por uno, aquí, allí, recorriendo las calles donde, vueltos a convertir en automóviles, zumbaron por los bulevares o, con igual prontitud, volvían a elevarse en el aire para proseguir la búsqueda.

Y allí estaba la estación de servicio, con sus empleados que atendían a la clientela. Acercándose por detrás, Montag entró en el lavabo de hombres. A través de la pared de aluminio oyó que la voz de un locutor decía: «La guerra ha sido declarada.» Estaban bombeando el combustible. Los hombres, en los vehículos, hablaban y los empleados conversaban acerca de los motores, del combustible, del dinero que debían. Montag trató de sentirse impresionado por el comunicado de la radio, pero no le ocurrió nada. Por lo que a él respectaba, la guerra tendría que esperar a que él estuviese en condiciones de admitirlo en su archivo personal, una hora, dos horas más tarde.

Montag se lavó las manos y el rostro y se secó con la toalla. Salió del lavabo, cerró cuidadosamente la puerta, se adentró en la oscuridad y se encontró en un borde de la vacía avenida.

Allí estaba, había que ganar aquella partida una inmensa bolera en el frío amanecer. La avenida estaba tan limpia como la superficie de un ruedo dos minutos antes de la aparición de ciertas víctimas anónimas y de ciertos matadores desconocidos. Sobre el inmenso río de cemento, el aire temblaba a causa del calor del cuerpo de Montag; era increíble cómo notaba que su temperatura podía producir vibraciones en el mundo inmediato. Era un objetivo fosforescente. Montag lo sabía, lo sentía. Y, ahora, debía empezar su pequeño paseo.

Unos faros brillaban a tres manzanas de distancia. Montag inspiró profundamente. Sus pulmones eran como focos ardientes en su pecho. Tenía la boca reseca por el cansancio. Su garganta sabía a hierro y había acero oxidado en sus pies.

¿Qué eran aquellas luces? Una vez se empezaba a andar, había que calcular cuánto tardarían aquellos vehículos en llegar hasta él. Bueno, ¿a qué distancia quedaba el otro bordillo? Al parecer, a un centenar de metros. Probablemente, no eran cien, pero mejor calcular eso, puesto que él andaba lentamente, con paso tranquilo, y quizá necesitase treinta segundos, cuarenta segundos para recorrer la distancia. ¿Los vehículos? Una vez en marcha, podían recorrer tres manzanas en unos quince segundos. De modo que, incluso si a mitad de la travesía empezase a correr...

Adelantó el pie derecho; después, el izquierdo y, luego, el derecho. Pisó la vacía avenida.

Incluso aunque la calle estuviese totalmente vacía, claro está, no podía tener la seguridad de cruzarla sin riesgo, porque, de repente, podía aparecer un vehículo por el cambio de rasante a cuatro manzanas de distancia y estar a tu altura o más allá antes de haber podido respirar una docena de veces.

Montag decidió no contar sus pasos. No miró a izquierda ni a derecha. La luz de los faroles parecía tan brillante y reveladora como el sol de mediodía, e igualmente cálida. Escuchó el sonido del vehículo que aceleraba, a dos manzanas de distancia, por la derecha. Sus faros móviles se desplazaron bruscamente y enfocaron a Montag.

«Sigue adelante.»

Montag vaciló, apretó los libros con mayor fuerza, y reanudó su andar pausado. Ahora, estaba a mitad de la avenida, pero el zumbido de los motores del vehículo se hizo más agudo cuando éste aumentó su velocidad.

«La Policía, desde luego. Me ven. Pero, despacio, ahora, despacio, tranquilo, no te vuelvas, no mires, no parezcas preocupado. Camina, eso es, camina, camina...»

El vehículo se precipitaba. El vehículo zumbaba. El vehículo aceleraba. El vehículo se acercaba veloz. El vehículo recorría una trayectoria silbante, disparado por un rifle invisible. Iba a unos doscientos kilómetros por hora. Iba, como mínimo, a más de doscientos por hora. Montag apretó las mandíbulas. El calor de los faros del vehículo quemó sus mejillas, le hizo parpadear y heló el sudor que le resbalaba por el rostro.

Empezó a arrastrar estúpidamente los pies, a hablar consigo mismo. Y, de repente, dio un respingo y echó a correr. Alargó las piernas tanto como pudo, una y otra vez, una y otra vez. ¡Dios, Dios! Dejó caer un libro, interrumpió la carrera, casi se volvió, cambió de idea, siguió adelante, chillando en el vacío de cemento, en tanto que el vehículo parecía correr tras sus pasos, a sesenta metros de distancia, a treinta, a veinticinco, a veinte; y Montag jadeaba, agitaba las manos, movía las piernas, arriba y abajo, más cerca, sudoroso, gritando con los ojos ardientes y la cabeza vuelta para enfrentarse con el resplandor de los faros. Luego, el vehículo fue tragado por su propia luz, no fue más que una antorcha que se precipitaba sobre él; todo estrépito y resplandor. ¡De pronto, casi se le echó encima!

Montag dio un traspiés y cayó.

«¡Estoy listo! ¡Todo ha terminado!»

Pero la caída le salvó. Un instante antes de alcanzarle, el raudo vehículo se desvió. Desapareció. Montag yacía de bruces, con la cabeza gacha. Hasta él llegó el eco de unas carcajadas, al mismo tiempo que el sonido del escape del vehículo.

Tenía la mano derecha extendida sobre él, llana. Al levantar la mano vio, en la punta de su dedo corazón, una delgada línea negra, allí donde el neumático le había rozado al pasar. Montag miró con incredulidad aquella línea media, mientras se ponía en pie.

«No era la Policía», pensó.

Miró avenida abajo. Ahora, resultaba claro. Un vehículo lleno de chiquillos, de todas las edades, entre los doce y los dieciséis años, silbando, vociferando, vitoreando, habían visto a un hombre, un espectáculo extraordinario, un hombre caminando, una rareza, y habían dicho: «Vamos a por él», sin saber que era el fugitivo Mr. Montag. Sencillamente, cierto número de muchachos que habían salido a tragar kilómetros durante las horas de luna, con los rostros helados por el viento y que regresarían o no a casa al amanecer, vivos o sin vida. Aquello era una aventura.

«Me hubiesen matado —pensó Montag, balanceándose. El aire aún se estremecía y el polvo se arremolinaba a su alrededor. Se tocó la mejilla magullada—. Sin ningún motivo en absoluto, me hubiesen matado.»

Siguió caminando hasta el bordillo más lejano, pidiendo a cada pie que siguiera moviéndose. Sin darse cuenta, había recogido los libros desperdigados; no recordaba haberse inclinado ni haberlos tocado. Siguió pasándolos de una a otra mano, como si fuesen una jugada de póquer que no acababa de comprender.

«Quisiera saber si son los mismos que mataron a Clarisse.»

Se detuvo y su mente volvió a repetirlo.

«*¡Quisiera saber si son los mismos que mataron a Clarisse!*»

Sintió deseos de correr en pos de ellos, chillando.

Sus ojos se humedecieron.

Lo que le había salvado fue caer de bruces. El conductor del vehículo, al ver caído a Montag consideró instantáneamente la probabilidad de que pisar el cuerpo a aquella velocidad podía volcar el vehículo y matarlos a todos. Si Montag hubiese seguido siendo un objetivo vertical...

Montag quedó boquiabierto.

Lejos, en la avenida, a cuatro manzanas de distancia, el vehículo había frenado, girado sobre dos ruedas, y retrocedía ahora velozmente por la mano contraria de la calle, adquiriendo impulso.

Pero Montag ya estaba oculto en la seguridad del oscuro callejón en busca del cual había emprendido aquel largo viaje, ignoraba ya si una hora o un minuto antes. Se estremeció en las tinieblas y volvió la cabeza para ver cómo el vehículo lo pasaba veloz y volvía a situarse en el centro de la avenida. Las carcajadas se mezclaban con el ruido del motor.

Más lejos, mientras Montag se movía en la oscuridad, pudo ver que los helicópteros caían, caían como los primeros copos de nieve del largo invierno que se aproximaba.

La casa estaba silenciosa.

Montag se acercó por detrás, arrastrándose a través del denso perfume de rosas y de hierba humedecida por el rocío nocturno. Tocó la puerta posterior, vio que estaba abierta, se deslizó dentro, cruzó el porche, y escuchó.

«¿Duerme usted ahí dentro, Mrs. Black? —pensó—. Lo que voy a hacer no está bien, pero su esposo lo hizo con otros, y nunca preguntó ni sintió duda, ni se preocupó. Y, ahora, puesto que es usted la esposa de un bombero, es su casa y su turno, en compensación por todas las casas que su esposo quemó y por las personas a quienes perjudicó sin pensar.»

La casa no respondió.

Montag escondió los libros en la cocina, volvió a salir al callejón, miró hacia atrás; y la casa seguía oscura y tranquila, durmiendo.

En su camino a través de la ciudad, mientras los helicópteros revoloteaban en el cielo como trocitos de papel, telefoneó y dio la alarma desde una cabina solitaria a la puerta de una tienda cerrada durante la noche. Después, permaneció en el frío aire nocturno, esperando y, a lo lejos, oyó que las sirenas se ponían en funcionamiento, y que las salamandras llegaban, llegaban para quemar la casa de Mr. Black, en tanto éste se encontraba trabajando, para hacer que su esposa se estremeciera en el aire del amanecer, mientras que el techo cedía y caía sobre la hoguera. Pero, ahora, ella aún estaba dormida.

«Buenas noches, Mrs. Black», pensó Montag.

—¡Faber!

Otro golpecito, un susurro y una larga espera. Luego, al cabo de un minuto, una lucecilla brilló dentro de la casita de Faber.

Tras otra pausa, la puerta posterior se abrió.

Faber y Montag se miraron a la media luz como si cada uno de ellos no creyese en la existencia del otro.

Luego, Faber se movió, adelantó una mano, cogió a Montag, le hizo entrar. Lo obligó a sentarse, y regresó junto a la puerta donde se quedó escuchando. Las sirenas gemían a lo lejos. Faber entró y cerró la puerta.

—He cometido estupidez tras estupidez —dijo Montag—. No puedo quedarme mucho rato. Sabe Dios hacia dónde voy.

—Por lo menos, ha sido un tonto respecto a lo importante —dijo Faber—. Creía que estaba muerto. La cápsula auditiva que le di...

—Quemada.

—Oí que el capitán hablaba con usted y, de repente, ya no oí nada. He estado a punto de salir a buscarle.

—El capitán ha muerto. Encontró la cápsula, oyó la voz de usted y se proponía buscar su origen. Lo maté con el lanzallamas.

Faber se sentó, y, durante un rato, guardó absoluto silencio.

—Dios mío, ¿cómo ha podido ocurrir esto? —prosiguió Montag—. Hace pocas noches, todo iba estupendamente. Y, de repente, estoy a punto de ahogarme. ¿Cuántas veces puede hundirse un hombre y seguir vivo? No puedo respirar. Está la muerte de Beatty, que un tiempo fue mi amigo. Y Millie se ha marchado. Yo creía que era mi esposa. Pero, ahora, ya no lo sé. Y la casa ha ardido por completo. Y me he quedado sin empleo, y yo ando huyendo. Y, por el camino, he colocado un libro en casa de un bombero. ¡Válgame Dios! ¡Cuántas cosas he hecho en una sola semana!

—Ha hecho lo que debía hacer. Es algo que se preparaba desde hace mucho tiempo.

—Sí, eso creo, aunque sea lo único que crea. Tenía que suceder. Desde hace mucho tiempo sentía que algo se preparaba en mi interior, y yo andaba por ahí haciendo una cosa y sintiendo otra. Dios, todo estaba aquí dentro. Lo extraño es que no se trasluciera en mí, como la grasa. Y, ahora, estoy aquí, complicándole la vida. Pueden haberme seguido hasta aquí.

—Por primera vez en muchos años me siento vivir —replicó Faber—. Me doy cuenta de que hago lo que hubiese debido de hacer hace siglos. Durante cierto tiempo, no tengo miedo. Quizá sea porque, por fin, estoy cumpliendo con mi deber. O tal vez sea porque no quiera mostrarme cobarde ante usted. Supongo que aún tendré que hacer cosas más violentas, que tendré que arriesgarme para no fracasar en mi misión y asustarme de nuevo. ¿Cuáles son sus planes?

—Seguir huyendo.

—¿Sabe que ha estallado la guerra?

—Lo he oído decir.

—¿Verdad que resulta curioso? —dijo el anciano—. La guerra nos parece algo remoto porque tenemos nuestros propios problemas.

—No he tenido tiempo para pensar. —Montag sacó un centenar de dólares—. Quiero darle esto para que lo utilice de un modo útil, cuando me haya marchado.

—Pero…

—Quizás haya muerto a mediodía. Utilícelo.

Faber asintió.

—Si le es posible, será mejor que se dirija hacia el río. Siga su curso. Y si encuentra alguna vieja línea ferroviaria, que se adentra en el campo, sígala. Aunque en la actualidad todas las comunicaciones se hacen por vía aérea, y la mayoría de las vías están abandonadas, los raíles siguen allí, oxidándose. He oído decir que aún quedan campamentos de vagabundos esparcidos por todo el país. Les llaman campamentos ambulantes, y si anda usted el tiempo suficiente y se mantiene ojo avizor, dicen que quedan muchos antiguos graduados de Harvard en el territorio que se extiende entre aquí y Los Ángeles. La mayoría de ellos son buscados y perseguidos en las ciudades. Supongo que se limitan a vegetar. No quedan muchos, y me figuro que el Gobierno nunca los ha considerado un peligro lo suficientemente grande como para ir en busca de ellos. Podría refugiarse con esos hombres durante algún tiempo y ponerse en contacto conmigo en

143

Saint Louis. Yo me marcho mañana, en el autobús de las cinco, para visitar a un impresor retirado que vive allí. Por fin, salgo a campo abierto. Utilizaré el dinero adecuadamente. Gracias, y que Dios le bendiga. ¿Quiere dormir unos minutos?

—Será mejor que siga huyendo.

—Veamos cuál es la situación.

Faber condujo a Montag al dormitorio y levantó un cuadro que había en la pared, poniendo así al descubierto una pantalla de televisión del tamaño de una tarjeta postal.

—Siempre había deseado algo muy pequeño, algo a lo que poder hablar, algo que pudiera cubrir con la palma de la mano, en caso necesario, algo que no pudiera avasallarme a gritos, algo que no fuese monstruosamente grande. De modo que, ya ve.

Conectó el aparato.

—Montag —dijo el televisor. Y la pantalla se iluminó—. M-O-N-T-A-G. —Una voz deletreó el nombre—. Guy Montag. Sigue en libertad. Los helicópteros de la Policía le buscan. Un nuevo Sabueso Mecánico ha sido traído de otro distrito...

Montag y Faber se miraron.

—...Sabueso Mecánico *nunca* falla. Desde que fue usado por primera vez para perseguir una presa, este invento increíble no ha cometido ni un solo error. Hoy, esta cadena se enorgullece de tener la oportunidad de seguir al Sabueso, con una cámara instalada en un helicóptero, cuando inicia la marcha hacia su objetivo...

Faber sirvió dos vasos de whisky.

—Lo necesitaremos.

Bebieron.

—...olfato tan sensible que el Sabueso Mecánico puede recordar e identificar diez mil olores de diez mil hombres distintos, sin necesidad de ser rearmado.

Faber tembló levemente y miró a su alrededor, las paredes, la puerta, la empuñadura y la silla donde Montag estaba sentado. Éste captó la mirada. Ambos examinaron rápidamente la casa y Montag sintió que su nariz se dilataba y comprendió que estaba tratando de rastrearse a sí mismo, y que su nariz era, de pronto, lo suficientemente sensible para percibir la pista que había dejado en el aire de la habitación; y el sudor de su mano estaba pegado a la empuñadura de su puerta, invisible, pero tan abundante como la cera en un pequeño candelabro. Su persona estaba por doquier, dentro, fuera y, sobre todo, era como una nube luminosa, un fantasma que volvía a hacer imposible la respiración.

Vio que Faber contenía, a su vez, el aliento, por miedo a introducir en su propio cuerpo aquel fantasma, a quedar tal vez contaminado con las exhalaciones del fantasma y los olores de un fugitivo.

—¡El Sabueso Mecánico está siendo desembarcado de un helicóptero, en el lugar del incendio!

Y allí, en la pantalla pequeña, apareció la casa quemada, y la multitud; y del cielo descendió un helicóptero, como una grotesca flor.

«Así, pues, tienen que seguir con su juego —pensó Montag—. El espectáculo sigue, aunque la guerra haya empezado hace apenas una hora...»

Contempló la escena, fascinado, sin desear moverse. ¡Parecía tan remota y ajena a él! Era un espectáculo distinto, fascinante de observar, que no dejaba de producir un extraño placer.

«Todo eso es para mí, todo eso está ocurriendo por mi causa. Dios mío.»

Si lo deseaba, podía entretenerse allí, con toda comodidad, y seguir la cacería con sus rápidas fases, sus carreras por las calles, por las avenidas vacías, atravesando parques y solares, con pausas aquí y allí para dejar paso a la necesaria publicidad comercial, por otros callejones hasta la casa ardiendo de Mr. y Mrs. Black, y así sucesivamente hasta aquella casa en la que él y Faber estaban sentados, bebiendo, en tanto que el Sabueso Mecánico olfateaba el último tramo de la pista, silencioso como la propia muerte, hasta detenerse frente a aquella ventana.

Entonces, si lo deseaba, Montag podía levantarse, acercarse a la ventana, sin perder de vista el televisor, abrirla, asomarse y verse dramatizado, descrito, analizado. Un drama que podía contemplarse objetivamente, sabiendo que, en otros salones, tenía un tamaño mayor que el natural, a todo color, dimensionalmente perfecto. Y si se mantenía alerta, podría verse, asimismo, un instante antes de perder el sentido, siendo liquidado en beneficio de la multitud de telespectadores que, unos minutos antes, habían sido arrancados de su sueño por la frenética sirena de sus televisores murales para que pudieran presenciar la gran cacería, el espectáculo de un solo hombre.

¿Tendría tiempo para hablar cuando el Sabueso lo cogiera, a la vista de diez, veinte o treinta millones de personas? ¿No podría resumir lo que había sido su vida durante la última semana con una sola frase o una palabra que permaneciera con ellas mucho después de que el Sabueso se hubiese vuelto, sujetándolo con sus mandíbulas de metal, para alejarse en la oscuridad, mientras la cámara permanecía quieta, enfocando al aparato que iría empequeñeciéndose a lo lejos, para ofrecer un final espléndido? ¿Qué podría decir en una sola palabra, en unas pocas palabras que dejara huella en todos sus rostros y les hiciera despertar?

—Mire —susurró Faber.

Del helicóptero surgió algo que no era una máquina ni un animal, algo que no estaba muerto ni vivo, algo que resplandecía con una débil luminosidad verdosa. Permaneció junto a las ruinas humeantes de la casa de Montag y los hombres trajeron el abandonado lanzallamas de éste y lo pusieron bajo el hocico del Sabueso. Se oyó un siseo, un resoplido, un rumor de engranajes.

Montag meneó la cabeza, se levantó y apuró su bebida.

—Ya es hora. Lamento lo que está ocurriendo.

—¿Qué? ¿Yo? ¿Mi casa? Lo merezco todo. ¡Corra, por amor de Dios! Quizá pueda entretenerles aquí...

—Espere. No vale la pena de que se descubra usted.

Cuando me haya marchado, queme el cobertor de esta cama, lo he tocado. Queme la silla de la sala de estar en su incinerador. Frote el mobiliario con alcohol, así como los pomos de las puertas. Queme la alfombra del salón. Dé la máxima potencia al acondicionador de aire y, si tiene un insecticida, rocíelo todo con él. Después, ponga en marcha sus rociadores del césped, con toda la fuerza que pueda, y riegue bien las aceras. Con un poco de suerte, podríamos evitar que nos siguieran la pista.

Faber le estrechó la mano.

—Lo haré. Buena suerte. Si ambos estamos vivos, la semana próxima o la siguiente nos pondremos en contacto. En la lista de Correos, de Saint Louis. Siento que, esta vez, no haya manera de poder acompañarle con mi cápsula auricular. Hubiese sido bueno para ambos. Pero mi equipo era limitado. Hágase cargo, nunca creí que habría de utilizarlo. Soy un viejo estúpido. Sin ideas. Estúpido, estúpido. Y, ahora, no tengo otra cápsula verde para que pueda llevársela usted. ¡Márchese ya!

—Otra cosa, ¡aprisa! Una maleta. Cójala, llénela con su ropa más sucia, un trapo viejo, cuanto más sucio mejor, una camisa, algunos calcetines y zapatos viejos...

Faber se marchó y regresó al cabo de un minuto.

—Para conservar en su interior el antiguo olor de Mr. Faber, claro está —dijo éste, sudoroso por el esfuerzo.

Montag roció el exterior de la maleta con whisky.

—No creo que ese Sabueso capte dos olores a la vez. Permítame que me lleve ese whisky. Lo necesitaré más tarde. ¡Cristo, espero que dé resultado!

Volvieron a estrecharse la mano y, mientras se dirigían hacia la puerta, lanzaron una ojeada al televisor. El Sabueso estaba en camino seguido por las cámaras de los helicópteros, silencioso, silenciosos, olfateando el aire nocturno. Bajaba por la Primera Avenida.

—¡Adiós!

Y Montag salió velozmente por la puerta posterior, corriendo con la maleta semivacía. Oyó que, a su espalda, los rociadores de césped se ponían en marcha, llenaban el aire oscuro con lluvia que caía suavemente y con regularidad, lavaban las aceras y corrían hasta la calle. Unas gotas de aquella lluvia mojaban el rostro de Montag. Le pareció que el viejo le gritaba adiós, pero no estuvo seguro.

Corrió muy aprisa, alejándose de la casa, hacia el río.

Montag corrió.

Podía sentir el Sabueso, como el otoño, que se acercaba, frío, seco y veloz, como un viento que no agitara la hierba, que no hiciera crujir las ventanas ni desplazara las hojas en las blancas aceras. El Sabueso no tocaba el mundo. Llevaba consigo su silencio, de modo que, a través de toda la ciudad, podía percibirse el silencio que iba creando. Montag sintió aumentar la presión, y corrió.

Se detuvo para recobrar el aliento, camino del río. Atisbó por las ventanas débilmente iluminadas de las casas y vio las siluetas de sus habitantes que contemplaban en los televisores murales al Sabueso Mecánico, un suspiro de vapor de neón, que corría veloz. Ahora, en Elm Terrace, Lincoln, Cak, Park, y calle arriba hacia la casa de Faber.

«Pasa de largo —pensó Montag—, no te detengas, sigue adelante, no te desvíes.»

En el televisor mural apareció la casa de Faber, con su rociador de césped que empapaba el aire nocturno.

El Sabueso hizo una pausa y se estremeció.

¡No! Montag se aferró al alféizar de la ventana. ¡Por este camino! *¡Aquí!*

La aguja de procaína asomó y se escondió, asomó y se escondió. Una gotita transparente de la droga cayó de la aguja cuando ésta desapareció en el hocico del Sabueso.

Montag contuvo el aliento, y sintió una opresión en el pecho.

El Sabueso Mecánico se volvió y se alejó de la casa de Faber, calle abajo.

Montag desvió su mirada hacia el cielo. Los helicópteros estaban más próximos, como una nube de insectos que acudiesen hacia una solitaria fuente luminosa.

Con un esfuerzo, Montag recordó de nuevo que aquello no era ningún espectáculo imaginario que podía ser contemplado mientras huía hacia el río; en realidad, era su propia partida de ajedrez la que estaba contemplando, movimiento tras movimiento.

Gritó para darse el impulso necesario para alejarse de la ventana de aquella última casa, y del fascinador espectáculo que había allí. ¡*Diablo!* ¡Y emprendió la marcha de nuevo! La avenida, una calle, otra, otra, y el olor del río. Una pierna, la otra. Veinte millones de Montag corriendo, muy pronto, si las cámaras le enfocaban. Veinte millones de Montag corriendo, corriendo como un personaje de película cómica, policías, ladrones, perseguidores y perseguidos, cazadores y cazados, tal como lo había visto un millar de veces. Tras de él, ahora, veinte millones de silenciosos Sabuesos atravesaban los salones, de la pared derecha a la central; luego, a la izquierda, desaparecían.

Montag se metió su radio auricular en una oreja.

—La Policía sugiere a toda la población del sector de Elm Terrace que haga lo siguiente: en todas las casas de todas las calles, todo el mundo debe abrir la puerta delantera o trasera, o mirar por una ventana. El fugitivo no podrá escapar si, durante el minuto siguiente todo el mundo mira desde el exterior de su casa. ¡Preparados!

¡Claro! ¿Por qué no lo habían hecho antes? ¿Por qué, en todos los años, no habían intentado aquel juego? ¡Todos arriba, todos afuera! ¡No podía pasar inadvertido! ¡El único hombre que corría solitario por la ciudad, el único hombre que ponía sus piernas a prueba!

—¡A la cuenta de diez! ¡*Uno!* ¡*Dos!*

Montag sintió que la ciudad se levantaba.

—¡Tres!

Montag sintió que la ciudad se dirigía hacia sus millares de puertas.

¡Aprisa! ¡Una pierna, la otra!

—¡Cuatro!

La gente atravesaba sus recibidores.

—¡Cinco!

Montag sintió todas las manos en los pomos de las puertas.

El olor del río era fresco y semejante a una lluvia sólida. La garganta de Montag ardía y sus ojos estaban resecos por el viento que producía el correr. Chilló, como si este grito pudiera impulsarle adelante, hacerle recorrer el último centenar de metros.

—¡Seis, siete, ocho!

Los pomos giraron en cinco millares de puertas.

—¡Nueve!

Montag se alejó de la última fila de casas, por una pendiente que conducía a la negra y móvil superficie del río.

—¡Diez!

Las puertas se abrieron.

Montag vio en su imaginación a miles y miles de rostros escrutando los patios, las calles, el cielo, rostros ocultos por cortinas, rostros descoloridos, atemorizados por la oscuridad, como animales grisáceos que miran desde cavernas eléctricas, rostros con ojos grises e incoloros, lenguas grises y pensamientos grises.

Pero había llegado al río.

Lo tocó para cerciorarse de que era real. Se metió en el agua, se desnudó por completo y se roció el cuerpo, los brazos, las piernas y la cabeza con el licor que llevaba, bebió un sorbo e inspiró otro poco por la nariz. Después, se vistió con la ropa y los zapatos de Faber. Echó su ropa al río y contempló cómo se la llevaba la corriente. Luego, con la maleta en la mano se metió agua adentro hasta perder pie, y se dejó arrastrar en la oscuridad.

Estaba a unos trescientos metros corriente abajo, cuando el Sabueso llegó al río. Arriba, las grandes aspas de los ventiladores giraban sin cesar. Un torrente de luz cayó sobre el río y Montag se zambulló bajo la gran iluminación, como si el sol hubiese salido entre las nubes. Sintió que el río lo empujaba más lejos, hacia la oscuridad. Después, las luces volvieron a desplazarse hacia tierra, los helicópteros se cernieron de nuevo sobre la ciudad, como si hubieran encontrado otra pista. Se alejaron. El Sabueso se había ido. Ya sólo quedaba el helado río y Montag flotando en una repentina paz, lejos de la ciudad, de las luces y de la cacería, lejos de todo.

Montag sintió como si hubiese dejado un escenario lleno de actores a su espalda. Sintió como si hubiese abandonado el gran espectáculo y todos los fantasmas murmuradores. Huía de una aterradora irrealidad para meterse en una realidad que resultaba irreal, porque era nueva.

La tierra oscura se deslizaba cerca de él, que seguía avanzando hacia campo abierto entre colinas. Por primera vez en una docena de años, las estrellas brillaban sobre su cabeza, formando una gigantesca procesión.

Cuando la maleta se llenó de agua y se hundió, Montag siguió flotando boca arriba; el río era tranquilo y pausado, mientras se alejaba de la gente que comía sombras para desayunar, humo para almorzar y vapores para cenar. El río era muy real, le sostenía cómodamente y le daba tiempo para considerar este mes, este año y todo un transcurso de ellos. Montag escuchó el lento latir de su corazón. Sus pensamientos dejaron de correr junto con su sangre.

Vio que la luna se hundía en el firmamento. La luna allí, y su resplandor, ¿producido por qué? Por el sol, claro. ¿Y qué iluminaba al sol? Su propio fuego. Y el sol sigue, día tras día, quemando y quemando. El sol y el tiempo. El sol, el tiempo y las llamas. Llamas. El río le balanceaba suavemente. Llamas. El sol y todos los relojes del mundo. Todo se reunía y se convertía en una misma cosa en su mente. Después de mucho tiempo de flotar en el río, Montag supo por qué nunca más volvería a quemar algo.

El sol ardía a diario. Quemaba el Tiempo. El mundo corría en círculos, girando sobre su eje, y el tiempo se ocupaba en quemar los años y a la gente, sin ninguna ayuda por su parte. De modo que si él quemaba cosas con los bomberos y el sol quemaba el Tiempo, ello significaría que todo *había* de arder.

Alguno de ellos tendría que dejar de quemar. El sol, no, por supuesto. Según todas las apariencias, tendría que ser Montag, así como las personas con quienes había trabajado hasta unas pocas horas antes. En algún sitio habría que empezar a ahorrar y a preservar cosas para que todo tuviera un nuevo inicio, y alguien tendría que ocuparse de ello, de una u otra manera, en libros, en discos, en el cerebro de la gente, de cualquier manera con tal de que fuese segura, al abrigo de las polillas, de los pececillos de plata, del óxido, del moho y de los hombres con cerillas. El mundo estaba lleno de llamas de todos los tipos y tamaños. Ahora, el gremio de los tejedores de asbestos tendría que abrir muy pronto su establecimiento.

Montag sintió que sus pies tocaban tierra, pisaban guijarros y piedras, se hundían en arena. El río le había empujado hacia la orilla.

Contempló la inmensa y negra criatura sin ojos ni luz, sin forma, con sólo un tamaño que se extendía dos millares de kilómetros sin desear detenerse, con sus colinas cubiertas de hierba y sus bosques que le esperaban.

Montag vaciló en abandonar el amparo del agua. Temía que el Sabueso estuviese allí. De pronto, los árboles podían agitarse bajo las aspas de multitud de helicópteros.

Pero sólo había la brisa otoñal corriente, que discurría como otro río. ¿Por qué no andaba el Sabueso por allí? ¿Por qué la búsqueda se había desviado hacia el interior? Montag *escuchó*. Nada. Nada.

«Millie —pensó—. Toda esta extensión aquí. ¡Escúchala! Nada y nada. Tanto silencio, Millie, que me pregunto qué efecto te causaría. ¿Te pondrías a gritar: "¡Calla, calla!" Millie, Millie?»

Y se sintió triste.

Millie no estaba allí, ni tampoco el Sabueso, pero sí el aroma del heno, que llegaba desde algún campo lejano y que indujo a Montag a subir a tierra firme. Recordó una granja que había visitado de niño, una de las pocas veces en que había descubierto que, más allá de los siete velos de la irrealidad, más allá de las paredes de los salones y de los fosos metálicos de la ciudad las vacas pacían la hierba, los cerdos se revolcaban en las ciénagas a mediodía y los perros ladraban a las blancas ovejas, en las colinas.

Ahora, el olor a heno seco, el movimiento del agua, le hizo desear echarse a dormir sobre el heno en un solitario pajar, lejos de las ruidosas autopistas, detrás de una tranquila granja y bajo un antiguo molino que susurrara sobre su cabeza como el sonido de los años que transcurrían. Permaneció toda la noche en el pajar, escuchando el rumor de los lejanos animales, de los insectos y de los árboles, así como los leves e infinitos movimientos y susurros del campo.

«Durante la noche —pensó—, bajo el cobertizo quizás oyese un sonido de pasos. Se incorporaría lleno de tensión. Los pasos se alejarían. Volvería a tenderse y miraría por la ventana del cobertizo, muy avanzada la noche, y vería apagarse las luces de la granja, hasta que una mujer muy joven y hermosa se sentaría junto a una ventana apagada, cepillándose el pelo. Resultaría difícil verla, pero su rostro sería como el de aquella muchacha, tan remota ya en su pasado, la muchacha que sabía lo que significaban las flores de diente de león frotadas contra la barbilla. Luego, la mujer se alejaría de la ventana, para reaparecer en el piso de arriba, en su habitación iluminada por la luna. Y, entonces, bajo el sonido de la muerte, el sonido de los reactores que partían el cielo en dos, yacería en el cobertizo, oculto y seguro, contemplando aquellas extrañas estrellas en el borde de la tierra, huyendo del suave resplandor del alba.»

Por la mañana, no hubiese tenido sueño, porque todos los cálidos olores y las visiones de una noche completa en el campo le hubiesen descansado aunque sus ojos hubieran permanecido abiertos, y su boca, cuando se le ocurrió pensar en ella, mostraba una leve sonrisa.

Y allí, al pie de la escalera del cobertizo, esperándole,

habría algo increíble. Montag descendería cuidadosamente, a la luz rosada del amanecer, tan consciente del mundo que sentiría miedo, y se inclinaría sobre el pequeño milagro, hasta que, por fin, se agacharía para tocarlo.

Un vaso de leche fresca, algunas peras y manzanas estaban al pie de la escalera.

Aquello era todo lo que deseaba. Algún signo de que el inmenso mundo le aceptaría y le concedería todo el tiempo que necesitaba para pensar lo que debía ser pensado.

Un vaso de leche, una manzana, una pera.

Montag se alejó del río.

La tierra corrió hacia él como una marea. Fue envuelto por la oscuridad y por el aspecto del campo, y por el millón de olores que llevaba un viento que le helaba el cuerpo. Retrocedió ante el ímpetu de la oscuridad, del sonido y del olor; le zumbaban los oídos. Dio media vuelta. Las estrellas brillaban sobre él como meteoros llameantes. Montag sintió deseos de zambullirse de nuevo en el río y dejar que le arrastrara a salvo hasta algún lugar más lejano. Aquella oscura tierra que se elevaba era como cierto día de su infancia, en que había ido a nadar, y una ola surgida de la nada, la mayor que recordaba la Historia, le envolvió en barro salobre y en oscuridad verdosa; el agua le quemaba la boca y la nariz, alborotándole el estómago. ¡Demasiada agua!

¡Demasiada tierra!

Desde la oscura pared frente a él, una silueta. En la silueta, dos ojos. La noche, observándole. El bosque, viéndole.

¡El Sabueso!

Después de tanto correr y apresurarse, de tantos sudores y peligros, de haber llegado tan lejos, de haberse esforzado tanto, y de creerse a salvo, y de suspirar, aliviado... para salir a tierra firme y encontrarse con...

¡El Sabueso!

Montag lanzó un último grito de dolor, como si aquello fuera demasiado para cualquier hombre.

La silueta se diluyó. Los ojos desaparecieron. Las hojas secas se agitaron.

Montag estaba solo en la selva.

Un gamo. Montag olió el denso perfume almizclado y el olor a hierba del aliento del animal, en aquella noche eterna en que los árboles parecían correr hacia él, apartarse, correr, apartarse, al impulso de los latidos de su corazón.

Debía de haber billones de hojas en aquella tierra; Montag se abrió paso entre ellas, un río seco que olía a trébol y a polvo. ¡Y a otros olores! Había un aroma como a patata cortada, que subía de toda la tierra, áspero, frío y blanco debido al hecho de haber estado iluminado por el claro de luna la mayor parte de la noche. Había un olor como de pepinillo de una botella y como de perejil de la cocina casera. Había un débil olor amarillento como a mostaza. Había un olor como de claveles del jardín vecino. Montag tocó el suelo con la mano y sintió que la maleza le acariciaba.

Se irguió jadeante, y cuanto más inspiraba el perfume de la tierra, más lleno se sentía de todos sus detalles. No estaba vacío. Allí había más de lo necesario para llenarle. Siempre habría más que suficiente.

Avanzó por entre el espesor de hojas caídas, vacilante. Y, en medio de aquel ambiente desconocido, algo familiar.

Su pie tropezó con algo que sonó sordamente.

Movió su mano en el suelo, un metro hacia aquí, un metro hacia allá.

La vía del tren.

La vía que salía de la ciudad y atravesaba la tierra, a través de bosques y selvas, desierta ahora, junto al río.

Allí estaba el camino que conducía adonde quiera se dirigiese. Aquí había lo único familiar, el mágico encanto que necesitaría tocar, sentir bajo sus pies, mientras se adentrara en las zarzas y los lagos de olor y de sensaciones, entre los susurros y la caída de las hojas.

Montag avanzó, siguiendo la vía.

Y se sorprendió de saber cuán seguro se sentía de repente de un hecho que le era imposible probar.

En una ocasión, mucho tiempo atrás, Clarisse había andado por allí, donde él andaba en aquel momento.

Media hora más tarde, frío, moviéndose cuidadosamente por la vía, bien consciente de su propio cuerpo, de su rostro, de su boca, con los ojos llenos de negrura, los oídos llenos de sonidos, sus piernas cubiertas de briznas y de ortigas, vio un fuego ante él.

El fuego desapareció, volvió a percibirse, como un ojo que parpadeara. Montag se detuvo, generoso de apagar el fuego con un solo suspiro. Pero el fuego estaba allí, y Montag se fue acercando cautelosamente. Necesitó casi quince minutos para estar muy próximo a él y, entonces, lo observó desde un refugio. Aquel pequeño movimiento, el calor blanco y rojo, un fuego extraño, porque para él significaba algo distinto.

No estaba quemando. ¡Estaba *calentando*!

Montag vio muchas manos alargadas hacia su calor, manos sin brazos, ocultos en la oscuridad. Sobre las manos, rostros inmóviles que parecían oscilar con el variable resplandor de las llamas. Montag no había supuesto que el fuego pudiese tener aquel aspecto. Jamás se le había ocurrido que podía dar lo mismo que quitaba. Incluso su olor era distinto.

No supo cuánto tiempo permaneció de aquel modo, pero había una sensación absurda y, sin embargo, deliciosa, en saberse como un animal surgido del bosque, atraído por el fuego. Permaneció quieto mucho rato, escuchando el cálido chisporroteo de las llamas.

Había un silencio reunido en torno a aquella hoguera, y el silencio estaba en los rostros de los hombres, y el tiempo estaba allí, tiempo suficiente para sentarse junto a la vía enmohecida bajo los árboles, contemplar el mundo y darle vuelta con los ojos, como si estuviera sujeto en el centro de la hoguera un pedazo de acero al que aquellos hombres estaban dando forma. No sólo era el fuego, lo distinto. También lo era el silencio. Montag se movió hacia aquel silencio especial, relacionado con todo lo del mundo.

Y, entonces, empezaron a sonar voces, y estaban hablando, pero Montag no pudo oír nada de lo que decían, aunque el sonido se elevaba y bajaba lentamente, y las voces conocían la tierra, los árboles y la ciudad que se extendía junto al río, en el extremo de la vía. Las voces hablaban de todo, no había ningún tema prohibido. Montag lo comprendió por la cadencia y el tono de curiosidad y sorpresa que había en ellas.

Entonces, uno de los hombres levantó la mirada y le vio, por primera y quizá por séptima vez, y una voz gritó a Montag:

—¡Está bien, ya puedes salir!

Montag retrocedió entre las sombras.

—No tema —dijo la voz—. Sea usted bien venido.

Montag se adelantó lentamente hacia el fuego, y hacia los cinco viejos allí sentados, vestidos con pantalones y chaquetas de color azul oscuro. No supo qué decirles.

—Siéntese —dijo el hombre que parecía ser el iefe del pequeño grupo—. ¿Quiere café?

Montag contempló la humeante infusión que era vertida en un vaso plegable de aluminio y que seguidamente pusieron en sus manos. Montag sorbió cautelosamente el brebaje y se dio cuenta de que los hombres le miraban con curiosidad. Se quemó los labios, pero aquello resultaba agradable. Los rostros que le rodeaban eran barbudos, pero las barbas eran limpias, pulcras, lo mismo que las manos. Se habían levantado como para dar la bienvenida a un invitado, y, entonces, volvieron a sentarse. Montag sorbió el café

—Gracias —dijo—. Muchísimas gracias

—Sea usted bien venido, Montag. Yo me llamo Granger. —El hombre alargó una botellita de líquido incoloro—. Beba esto, también. Cambiará la composición química de su transpiración. Dentro de media hora, olerá como otra persona. Teniendo en cuenta que el Sabueso le está buscando, lo mejor es esto.

Montag bebió el amargo líquido.

—Apestará como una comadreja, pero no tiene importancia —dijo Granger.

—Conoce usted mi nombre —observó Montag.

Granger señaló un televisor portátil que había junto al fuego.

—Hemos visto la persecución. Nos hemos figurado que huiría hacia el Sur, a lo largo del río. Cuando le hemos oído meterse en la selva como un alce borracho, no nos hemos escondido como solemos hacer. Hemos supuesto que estaría en el río cuando los helicópteros con las cámaras se han vuelto hacia la ciudad. Allí ocurre algo gracioso. La cacería sigue en marcha, aunque en sentido opuesto.

—¿En sentido opuesto?

—Echemos una ojeada.

Granger puso el televisor en marcha. La imagen era como una pesadilla, condensada, pasando con facilidad de mano en mano, toda en colores revueltos y movedizos. Una voz gritó:

—¡La persecución continúa en el Norte de la ciudad! ¡Los helicópteros de la Policía convergen en la Avenida 87 y en Elm Grove Park!

Granger asintió.

—Están inventándoselo. Usted les ha despistado en el río y ellos no pueden admitirlo. Saben que sólo pueden retener al auditorio un tiempo determinado. El espectáculo tendrá muy pronto un final brusco. Si empezasen a buscar por todo el maldito río, quizá necesitasen la noche entera. Así, pues, buscan alguna cabeza de turco para terminar con la exhibición. Fíjese. Pescarán a Montag durante los próximos cinco minutos.

—Pero cómo...

—Fíjese.

La cámara, sujeta a la panza de un helicóptero, descendió ahora hacia una calle vacía.

—¿Ve eso? —susurró Granger—. Ha de tratarse de usted. Al final de esa calle, está nuestra víctima. ¿Ve cómo se acerca nuestra cámara? Prepara la escena. Intriga. Un plano largo. En este momento, un pobre diablo ha salido a pasear. Algo excepcional. Un tipo extraño. No se figure que la Policía no conoce las costumbres de los pajarracos como ése, de hombres que salen a pasear por las mañanas, sólo por el capricho de hacerlo, o porque sufren de insomnio. De cualquier modo, la Policía le tiene fichado desde hace meses, años. Nunca se sabe cuándo puede resultar útil esa información. Y, hoy, desde luego, ha de serles utilísima. Así pueden salvar las apariencias. ¡Oh, Dios, fíjese ahí!

Los hombres que estaban junto a la hoguera se inclinaron.

En la pantalla, un hombre dobló una esquina. De pronto, el Sabueso Mecánico entró en el campo visual. El helicóptero lanzó una docena de brillantes haces luminosos que construyeron como una jaula alrededor del hombre.

Una voz gritó:

—¡Ahí está Montag! ¡La persecución *ha terminado*!

El inocente permaneció atónito; un cigarrillo ardía en una de sus manos. Se quedó mirando al Sabueso sin saber qué era aquello. Probablemente, nunca llegó a saberlo. Levantó la mirada hacia el cielo y hacia el sonido de las sirenas. Las cámaras se precipitaron hacia el suelo. El Sabueso saltó en el aire con un ritmo y una precisión que resultaban increíblemente bellos. Su aguja asomó. Permaneció inmóvil un momento, como para dar al inmenso público tiempo para apreciarlo todo: la mirada de terror en el rostro de la víctima, la calle vacía, el animal de acero, semejante a un proyectil, alcanzando el blanco.

—¡Montag, no te muevas! —gritó una voz desde el cielo.

La cámara cayó sobre la víctima, como había hecho el Sabueso. Ambos le alcanzaron simultáneamente. El hombre fue inmovilizado por el Sabueso y la cámara. Chilló.

Chilló. ¡Chilló!

Oscuridad.

Silencio.

Negrura.

Montag gritó en el silencio y se volvió.

Silencio.

Y, luego, tras una pausa de los hombres sentados alrededor del fuego, con los rostros inexpresivos, en la pantalla oscura un anunciador dijo:

—La persecución ha terminado, Montag ha muerto. Ha sido vengado un crimen contra la sociedad. Ahora, nos trasladamos al Salón Estelar del «Hotel Lux», para un programa de media hora antes del amanecer, emisión que...

Granger apagó el televisor.

—No han enfocado el rostro del hombre. ¿Se ha fijado? Ni su mejor amigo podría decir si se trataba de usted. Lo han presentado lo bastante confuso para que la imaginación hiciera el resto. Diablos —murmuró—. Diablos...

Montag no habló, pero, luego, volviendo la cabeza, permaneció sentado con la mirada fija en la negra pantalla, tembloroso.

Granger tocó a Montag en un brazo.

—Bien venido de entre los muertos. —Montag inclinó la cabeza. Granger prosiguió—: Será mejor que nos conozca a todos. Éste es Fred Clement, titular de la cátedra Thomas Hardigan, en Cambridge, antes de que se convirtiera en una «Escuela de Ingeniería Atómica». Este otro es el doctor Simmons, de la Universidad de California en Los Ángeles, un especialista en Ortega y Gasset; éste es el profesor West que se especializó en Ética, disciplina olvidada actualmente, en la Universidad de Columbia. El reverendo Padover, aquí presente, pronunció unas conferencias hace treinta años y perdió su rebaño entre un domingo y el siguiente, debido a sus opiniones. Lleva ya algún tiempo con nosotros. En cuanto a mí, escribí un libro titulado *Los dedos en el guante; la relación ade-*

cuada entre el individuo y la sociedad y... aquí estoy. ¡Bien venido, Montag!

—Yo no soy de su clase —dijo Montag, por último, con voz lenta—. Siempre he sido un estúpido.

—Estamos acostumbrados a eso. Todos cometimos algún error, si no, no estaríamos aquí. Cuando éramos individuos aislados, lo único que sentíamos era cólera. Yo golpeé a un bombero cuando, hace años, vino a quemar mi biblioteca. Desde entonces, ando huyendo. ¿Quiere unirse a nosotros, Montag?

—Sí.

—¿Qué puede ofrecernos?

—Nada. Creía tener parte del *Eclesiastés*, y tal vez un poco del de la *Revelación*, pero, ahora, ni siquiera me queda eso.

—El *Eclesiastés* sería magnífico. ¿Dónde lo tenía?

—Aquí.

Montag se tocó la cabeza.

—¡Ah! —exclamó Granger, sonriendo y asintiendo con la cabeza.

—¿Qué tiene de malo? ¿No está bien? —preguntó Montag.

—Mejor que bien; ¡perfecto! —Granger se volvió hacia el reverendo—. ¿Tenemos un *Eclesiastés*?

—Uno. Un hombre llamado Harris, de Youngtown.

—Montag —Granger apretó con fuerza un hombro de Montag—, tenga cuidado. Cuide su salud. Si algo le ocurriera a Harris, *usted* sería el *Eclesiastés.* ¡Vea lo importante que se ha vuelto de repente!

—¡Pero si lo he olvidado!

—No, nada queda perdido para siempre. Tenemos sistemas de refrescar la memoria.

—¡Pero si ya he tratado de recordar!

—No lo intente. Vendrá cuando lo necesitemos. Todos nosotros tenemos memorias fotográficas, pero nos pasamos la vida entera aprendiendo a olvidar cosas que en realidad están dentro. Simmons, aquí presente, ha trabajado en ello durante veinte años, y ahora hemos perfeccionado el método de modo que podemos recordar cualquier cosa que hayamos leído una vez. ¿Le gustaría algún día, Montag, leer *La República* de Platón?

—¡Claro!

—Yo soy *La República* de Platón. ¿Desea leer a Marco Aurelio? Mr. Simmons es Marco.

—¿Cómo está usted? —dijo Mr. Simmons.

—Hola —contestó Montag.

—Quiero presentarle a Jonathan Swift, el autor de ese malicioso libro político, *Los viajes de Gulliver.* Y este otro sujeto es Charles Darwin, y aquél es Schopenhauer, y aquél, Einstein, y el que está junto a mí es Mr. Albert Schweitzer, un filósofo muy agradable, desde luego. Aquí estamos todos, Montag, Aristófanes, Mahatma Gandhi, Gautama Buda, Confucio, Thomas Love Peacock, Thomas Jefferson y Mr. Lincoln. Y también somos Mateo, Marco, Lucas y Juan.

Todos rieron silenciosamente.

—No *es* posible —dijo Montag.

—Sí lo *es* —replicó Granger, sonriendo—. También *nosotros* quemamos libros. Los leemos y los quemamos, por miedo a que los encuentren. Registrarlos en microfilm no hubiese resultado. Siempre estamos viajando, y no queremos enterrar la película y regresar después a por ella. Siempre existe el riesgo de ser descubiertos. Mejor es guardarlo todo en la cabeza, donde nadie pueda verlo ni sospechar su existencia. Todos somos fragmentos de Historia, de Literatura y de Ley Internacional, Byron, Tom Paine, Maquiavelo o Cristo, todo está aquí. Y ya va siendo tarde. Y la guerra ha empezado. Y estamos aquí, y la ciudad está allí, envuelta en su abrigo de un millar de colores. ¿En qué piensa, Montag?

—Pienso que estaba ciego tratando de hacer las cosas a mi manera, dejando libros en las casas de los bomberos y enviando denuncias.

—Ha hecho lo que debía. Llevado a escala nacional, hubiese podido dar espléndidos resultados. Pero nuestro sistema es más sencillo y creemos que mejor. Lo que deseamos es conservar los conocimientos que creemos habremos de necesitar, intactos y a salvo. No nos proponemos hostigar ni molestar a nadie. Aún no. Porque si se destruyen, los conocimientos habrán muerto, quizá para siempre. Somos ciudadanos modélicos, a nuestra manera especial. Seguimos las viejas vías, dormimos en las colinas, por la noche, y la gente de las ciudades nos dejan tranquilos. De cuando en cuando, nos detienen y nos registran, pero en nuestras personas no hay nada que pueda comprometernos. La organización es flexible, muy ágil y fragmentada. Algunos de nosotros hemos sido sometidos a cirugía plástica en el rostro y en los dedos. En este momento, nos espera una misión horrible. Esperamos a que empiece la guerra y, con idéntica rapidez, a que termine. No es agradable, pero es que nadie nos controla. Constituimos una extravagante minoría que clama en el desierto. Cuando la guerra haya terminado, quizá podamos ser de alguna utilidad al mundo.

—¿De veras cree que entonces escucharán?

—Si no lo hacen, no tendremos más que esperar. Transmitiremos los libros a nuestros hijos, oralmente, y dejaremos que nuestros hijos esperen, a su vez. De este modo se perderá mucho, desde luego, pero no se puede *obligar* a la gente a que escuche. A su debido tiempo, deberá acudir, preguntándose qué ha ocurrido y por qué el mundo ha estallado bajo ellos. Esto no puede durar.

—¿Cuántos son ustedes?

—Miles, que van por los caminos, las vías férreas abandonadas, vagabundos por el exterior, bibliotecas por el interior. Al principio, no se trató de un plan. Cada hombre tenía un libro que quería recordar, y así lo hizo. Luego, durante un período de unos veinte años, fuimos entrando en contacto, viajando, estableciendo esta organización y forzando un plan. Lo más importante que debíamos meternos en la cabeza es que no somos importantes, que no debemos de ser pedantes. No debemos sentirnos superiores a nadie en el mundo. Sólo somos sobrecubiertas para libros, sin valor intrínseco. Algunos de nosotros viven en pequeñas ciudades. El Capítulo I del *Walden*, de Thoreau, habita en Green River, el Capítulo II, en Millow Farm, Maine. Pero si hay un poblado en Maryland, con sólo veintisiete habitantes, ninguna bomba caerá nunca sobre esa localidad que alberga los ensayos completos de un hombre llamado Bertrand Russell. Coge ese poblado y casi divida las páginas, tantas por persona. Y cuando la guerra haya terminado, algún día, los libros podrán ser escritos de nuevo. La gente será convocada una por una, para que recite lo que sabe, y lo imprimiremos hasta que llegue otra Era de Oscuridad, en la que, quizá, debamos repetir toda la operación. Pero esto es lo maravilloso del hombre: nunca se desalienta o disgusta lo suficiente para abandonar algo que debe hacer, porque sabe que es importante y que *merece la pena* serlo.

—¿Qué hacemos esta noche? —preguntó Montag.

—Esperar —repuso Granger—. Y desplazarnos un poco río abajo, por si acaso.

Empezó a arrojar polvo y tierra a la hoguera.

Los otros hombres le ayudaron, lo mismo que Montag, y allí, en mitad del bosque, todos los hombres movieron sus manos, apagando el fuego conjuntamente.

Se detuvieron junto al río, a la luz de las estrellas.

Montag consultó la esfera luminosa de su reloj sumergible. Las cinco. Las cinco de la madrugada. Otro año quemado en una sola hora, un amanecer esperando más allá de la orilla opuesta del río.

—¿Por qué confían en mí? —preguntó Montag.

Un hombre se movió en la oscuridad.

—Su aspecto es suficiente. No se ha visto usted últimamente en un espejo. Además, la ciudad nunca se ha preocupado lo bastante de nosotros como para organizar una persecución meticulosa como ésta, con el fin de encontrarnos. Unos pocos chiflados con versos en la sesera no pueden afectarla, y ellos lo saben, y nosotros también. Todos lo saben. En tanto que la mayoría de la población no ande por ahí recitando la *Carta Magna* y la *Constitución*, no hay peligro. Los bomberos eran suficientes para mantener esto a raya, con sus actuaciones esporádicas. No, las ciudades no nos preocupan. Y *usted* tiene un aspecto endiablado.

Se desplazaron por la orilla del río, hacia el Sur. Montag trató de ver los rostros de los hombres, los viejos rostros que recordaba a la luz de la hoguera, mustios, y cansados. Estaban buscando una vivacidad, una resolución. Un triunfo sobre el mañana que no parecía estar allí. Tal vez había esperado que aquellos rostros ardieran y brillasen con los conocimientos, que resplandeciesen como linternas, con la luz encendida. Pero toda la luz había procedido de la hoguera, y aquellos hombres no parecían distintos de cualesquiera otros que hubiesen recorrido un largo camino, una búsqueda prolongada, que hubiesen visto cómo eran destruidas las cosas buenas, y ahora, muy tarde, se reuniesen para esperar el final de la partida, y la extinción de las lámparas. No estaban seguros de que lo que llevaban en sus mentes pudiese hacer que todos los futuros amaneceres brillasen con una luz más pura, no estaban seguros de nada, excepto de que los libros estaban bien archivados tras sus tranquilos ojos, de que los libros esperaban, con las páginas sin cortar, a los lectores que quizá se presentaran años después, unos, con dedos limpios, y otros, con dedos sucios.

Mientras andaban, Montag fue escrutando un rostro tras de otro.

—No juzgue un libro por su sobrecubierta —dijo alguien.

Y todos rieron silenciosamente, mientras se movían río abajo.

Se oyó un chillido estridente, y los reactores de la ciudad pasaron sobre sus cabezas mucho antes de que los hombres levantaran la mirada, Montag se volvió para observar la ciudad, muy lejos, junto al río, convertida sólo en un débil resplandor.

—Mi esposa está allí.

—Lo siento. A las ciudades no les van a ir bien las cosas en los próximos días —dijo Granger.

—Es extraño, no la echo en falta, apenas tengo sensación —dijo Montag—. Incluso aunque ella muriera, me he dado cuenta hace un momento, no creo que me sintiera triste. Eso no está bien. Algo debe de ocurrirme.

—Escuche —dijo Granger, cogiéndole por un brazo y andando a su lado, mientras apartaba los arbustos para dejarle pasar—. Cuando era niño, mi abuelo murió. Era escultor. También era un hombre muy bueno, tenía mucho amor que dar al mundo, y ayudó a eliminar la miseria en nuestra ciudad; y construía juguetes para nosotros, y se dedicó a mil actividades durante su vida; siempre tenía las manos ocupadas. Y cuando murió, de pronto me di cuenta de que no lloraba por él, sino por las cosas que hacía. Lloraba porque nunca más volvería a hacerlas, nunca más volvería a labrar otro pedazo de madera y no nos ayudaría a criar pichones en el patio, ni tocaría el violín como él sabía hacerlo, ni nos contaría chistes. Formaba parte de nosotros, y cuando murió, todas las actividades se interrumpieron, y nadie era capaz de hacerlas como él. Era individualista. Era un hombre importante. Nunca me he sobrepuesto a su muerte. A menudo pienso en las tallas maravillosas que nunca han cobrado forma a causa de su muerte. Cuántos chistes faltan al mundo, y cuántos pichones no han sido tocados por sus manos. Configuró el mundo, *hizo* cosas en su beneficio. La noche en que falleció, el mundo sufrió una pérdida de diez millones de buenas acciones.

Montag anduvo en silencio.

—Millie, Millie —murmuró—. Millie.

—¿Qué?

—Mi esposa, mi esposa. ¡Pobre Millie, pobre Millie! No puedo recordar nada. Pienso en sus manos, pero no las veo realizar ninguna acción. Permanecen colgando fláccidamente a sus lados, o están en su regazo, o hay un cigarrillo en ellas. Pero eso es todo.

Montag se volvió a mirar hacia atrás.

«¿Qué diste a la ciudad, Montag?»

«Ceniza.»

«¿Qué se dieron los otros mutuamente?»

«Nada.»

Granger permaneció con Montag, mirando hacia atrás.

—Cuando muere, todo el mundo debe dejar algo detrás, decía mi abuelo. Un hijo, un libro, un cuadro, una casa, una pared levantada o un par de zapatos. O un jardín plantado. Algo que tu mano tocará de un modo especial, de modo que tu alma tenga algún sitio a donde ir cuando tú mueras, y cuando la gente mire ese árbol, o esa flor, que tú plantaste, tú estarás allí. «No importa lo que hagas —decía—, en tanto que cambies algo respecto a como era antes de tocarlo, convirtiéndolo en algo que sea como tú después de que separes de ellos tus manos. La diferencia entre el hombre que se limita a cortar el césped y un auténtico jardinero está en el tacto. El cortador de césped igual podría no haber estado allí, el jardinero estará allí para siempre.»

Granger movió una mano.

—Mi abuelo me enseñó una vez, hace cincuenta años, unas películas tomadas desde cohetes. ¿Ha visto alguna vez el hongo de una bomba atómica desde trescientos kilómetros de altura? Es una cabeza de alfiler, no es nada. Y a su alrededor, la soledad.

»Mi abuelo pasó una docena de veces la película tomada desde el cohete, y, después manifestó su esperanza de que algún día nuestras ciudades se abrirían para dejar entrar más verdor, más campiña, más Naturaleza, que recordara a la gente que sólo disponemos de un espacio muy pequeño en la Tierra y que sobreviviremos en ese vacío que puede recuperar lo que ha dado, con tanta facilidad como echarnos el aliento a la cara o enviarnos el mar para que nos diga que no somos tan importantes.

»Cuando en la oscuridad olvidamos lo cerca que estamos del vacío —decía mi abuelo—, algún día se presentará y se apoderará de nosotros, porque habremos olvidado lo terrible y real que puede ser.» ¿Se da cuenta? —Granger se volvió hacia Montag—. El abuelo lleva muchos años muerto, pero si me levantara el cráneo, ¡por Dios!, en las circunvoluciones de mi cerebro encontraría las claras huellas de sus dedos. Él me tocó. Como he dicho antes, era escultor. «Detesto a un romano llamado Statu Quo», me dijo. «Llena tus ojos de ilusión —decía—. Vive como si fueras a morir dentro de diez segundos. Ve al mundo. Es más fantástico que cualquier sueño real o imaginario. No pidas garantías, no pidas seguridad. Nunca ha existido algo así. Y, si existiera, estaría emparentado con el gran perezoso que cuelga boca abajo de un árbol, y todos y cada uno de los días, empleando la vida en dormir. Al diablo con eso —dijo— sacude el árbol y haz que el gran perezoso caiga sobre su trasero.»

—¡Mire! —exclamó Montag.

Y la guerra empezó y terminó en aquel instante.

Posteriormente, los hombres que estaban con Montag no fueron capaces de decir si en realidad habían visto algo. Quizás un leve resplandor y movimiento en el cielo. Tal vez las bombas estuviesen allí, y los reactores, veinte kilómetros, diez kilómetros, dos kilómetros cielo arriba durante un breve instante, como grano arrojado desde lo alto por la enorme mano del sembrador, y las bombas cayeron con espantosa rapidez y, sin embargo, con una repentina lentitud, sobre la ciudad que habían dejado atrás. El bombardeo había terminado para todos los fines y propósitos, así que los reactores hubieron localizado su objetivo, puesto sobre aviso a sus apuntadores a ocho mil kilómetros por hora; tan fugaz como el susurro de una guadaña, la guerra había terminado. Una vez soltadas las bombas, ya no hubo nada más. Luego, tres segundos completos, un plazo inmenso en la Historia, antes de que las bombas estallaran, las naves enemigas habían recorrido la mitad del firmamento visible, como balas en las que un salvaje quizá no creyese, porque eran invisibles; sin embargo, el corazón es destrozado de repente, el cuerpo cae despedazado y la sangre se sorprende al verse libre en el aire; el cerebro desparrama sus preciosos recuerdos y muere.

Resultaba increíble. Sólo un gesto. Montag vio el aleteo de un gran puño de metal sobre la ciudad, y conocía el aullido de los reactores que le seguirían diciendo, tras de la hazaña: *Desintégrate, no dejes piedra sobre piedra, perece. Muere.*

Montag inmovilizó las bombas en el cielo por un breve momento, su mente y sus manos se levantaron desvalidamente hacia ellas.

—¡Corred! —gritó a Faber, a Clarisse—. ¡Corred! —a Mildred—. ¡Fuera, marchaos de ahí!

Pero Clarisse, recordó Montag, había muerto. Y Faber *se había marchado*; en algún valle profundo de la región, el autobús de las cinco de la madrugada estaba en camino de una desolación a otra. Aunque la desolación aún no había llegado, todavía estaba en el aire, era tan cierta como el hombre parecía hacerla. Antes de que el autobús hubiera recorrido otros cincuenta metros por la autopista, su destino carecería de significado, y su punto de salida habría pasado a ser de metrópoli a montón de ruinas.

Y Mildred...

¡Fuera, corre!

Montag la vio en la habitación de su hotel, durante el medio segundo que quedaba, con las bombas a un metro, un palmo, un centímetro del edificio. La vio inclinada hacia el resplandor de las paredes televisivas desde las que la «familia» hablaba incesantemente con ella, desde donde la familia charlaba y discutía, y pronunciaba su nombre, y le sonreía, y no aludía para nada a la bomba que estaba a un centímetro; después, a medio centímetro; luego a un cuarto de centímetro del tejado del hotel. Absorta en la pared, como si en el afán de mirar pudiese encontrar el secreto de su intranquilidad e insomnio. Mildred, inclinada ansiosa, nerviosamente, como para zambullirse, caer en la oscilante inmensidad de color, para ahogarse en su brillante felicidad.

La primera bomba estalló.

—¡Mildred!

Quizá, ¿quién lo sabría nunca? Tal vez las estaciones emisoras, con sus chorros de color, de luz y de palabras, fueron las primeras en desaparecer.

Montag, cayendo de bruces, hundiéndose, vio o sintió, o imaginó que veía o sentía, cómo las paredes se oscurecían frente al rostro de Millie, oyó los chillidos de ella, porque, en la millonésima de segundo que quedaba, ella vio su propio rostro reflejado allí, en un espejo en vez de en una bola de cristal, y era un rostro tan salvajemente vacío, entregado a sí mismo en el salón, sin tocar nada, hambriento y saciándose consigo mismo, que, por fin, lo reconoció como el suyo propio y levantó rápidamente la mirada hacia el techo cuando éste y toda la estructura del hotel se derrumbó sobre ella, arrastrándole con un millón de kilos de ladrillos, de metal, de yeso, de madera, para reunirse con otras personas en las colmenas de más abajo, todos en rápido descenso hacia el sótano, donde finalmente la explosión le libraría de todo a su manera irrazonable.

Recuerdo. Montag se aferró al suelo. Recuerdo. Chicago. Chicago, hace mucho tiempo. Millie y yo. ¡Allí fue donde nos conocimos! Ahora lo recuerdo. Chicago. Hace mucho tiempo.

La explosión sacudió el aire sobre el río, derribó a los hombres como fichas de dominó, levantó el agua de su cauce, aventó el polvo e hizo que los árboles se inclinaran hacia el Sur. Montag, agazapado, haciéndose todo lo pequeño posible, con los ojos muy apretados. Los entreabrió por un momento y, en aquel instante, vio la ciudad, en vez de las bombas, en el aire. Habían permutado sus posiciones. Durante otro de esos instantes imposibles, la ciudad se irguió, reconstruida e irreconocible, más alta de lo que nunca había esperado ser, más alta de lo que el hombre la había edificado, erguida sobre pedestales de hormigón triturado y briznas de metal desgarrado, de un millón de colores, con un millón de fenómenos, una puerta donde tendría que haber habido una ventana, un tejado en el sitio de un cimiento, y, después, la ciudad giró sobre sí misma y cayó muerta.

El sonido de su muerte llegó más tarde.

Tumbado, con los ojos cubiertos de polvo, con una fina capa de polvillo de cemento en su boca, ahora cerrada, jadeando y llorando, Montag volvió a pensar: recuerdo, recuerdo, recuerdo algo más. ¿Qué es? Sí, sí, parte del *Eclesiastés* y de la *Revelación*. Parte de ese libro, parte de él, aprisa, ahora, aprisa antes de que se me escape, antes de que cese el viento. El libro del *Eclesiastés*. Ahí va. Lo recitó para sí mismo, en silencio, tumbado sobre la tierra temblorosa, repitió muchas veces las palabras, y le salieron perfectas, sin esfuerzo, y por ninguna parte había «Dentífrico Denham», era tan sólo el Predicador entregado a sí mismo, erguido allí en su mente, mirándole...

—Allí —dijo una voz.

Los hombres yacían boqueando como peces fuera del agua. Se aferraban a la tierra como los niños se aferran a los objetos familiares, por muy fríos y muertos que estén, sin importarles lo que ha ocurrido o lo que puede ocurrir; sus dedos estaban hundidos en el polvo y todos gritaban para evitar la rotura de sus tímpanos, para evitar el estallido de su razón, con las bocas abiertas, y Montag gritaba con ellos, una protesta contra el viento que les arrugaba los rostros, les desgarraba los labios y les hacía sangrar las narices.

Montag observó cómo la inmensa nube de polvo iba posándose, y cómo el inmenso silencio caía sobre el mundo. Y allí, tumbado, le pareció que veía cada grano de polvo y cada brizna de hierba, y que oía todos los gritos y voces y susurros que se elevaban en el mundo. El silencio cayó junto con el polvo, y sobre todo el tiempo que necesitarían para mirar a su alrededor, para conseguir que la realidad de aquel día penetrara en sus sentidos.

Montag miró hacia el río. «Iremos por el río. —Miró la vieja vía ferroviaria—. O iremos por ella. O caminaremos por las autopistas y tendremos tiempo de asimilarlo todo. Y algún día, cuando lleve mucho tiempo sedimentado en nosotros, saldrá de nuestras manos y nuestras bocas. Y gran parte de ella estará equivocada, pero otra será correcta. Hoy empezaremos a andar y a ver mundo, y a observar cómo la gente anda por ahí y habla, el verdadero aspecto que tiene. Quiero verlo todo. Y aunque nada de ello sea yo cuando entren, al cabo de un tiempo, todo se reunirá en mi interior, y será yo. Fíjate en el mundo, Dios mío, Dios mío. Fíjate en ese mundo, fuera de mí, más allá de mi rostro, y el único medio de tocarlo verdaderamente es ponerlo allí donde por fin sea yo, donde estén la sangre, donde recorra mi cuerpo cien mil veces al día. Me apoderaré de ella de manera que nunca podrá escapar. Algún día, me aferraré con fuerza al mundo. Ahora, tengo un dedo apoyado en él. Es un principio.»

El viento cesó.

Los otros hombres permanecieron tendidos, no preparados aún para levantarse y empezar las obligaciones del día, las hogueras y la preparación de alimentos, los miles de detalles para poner un pie delante de otro pie y una mano sobre otra mano. Permanecieron parpadeando con sus polvorientas pestañas. Se les podía oír respirando aprisa; luego, más lentamente...

Montag se sentó.

Sin embargo, no se siguió moviendo. Los otros hombres le imitaron. El sol tocaba el negro horizonte con una débil pincelada rojiza. El aire era fresco y olía a lluvia inminente.

En silencio, Granger se levantó, se palpó los brazos, las piernas, blasfemando, blasfemando incesantemente entre dientes, mientras las lágrimas le corrían por el rostro. Se arrastró hacia el río para mirar aguas arriba.

—Está arrasada —dijo mucho rato después—. La ciudad parece un montón de polvo. Ha desaparecido. —Y al cabo de una larguísima pausa se preguntó—: ¿Cuántos sabrían lo que iba a ocurrir? ¿Cuántos se llevarían una sorpresa?

«Y en todo el mundo —pensó Montag—, ¿cuántas ciudades más muertas? Y aquí, en nuestro país, ¿cuántas? ¿Cien, mil?»

Alguien encendió una cerilla y la acercó a un pedazo de papel que había sacado de un bolsillo. Colocaron el papel debajo de un montoncito de hierbas y hojas, y, al cabo de un momento, añadieron ramitas húmedas que chisporrotearon, pero prendieron por fin, y la hoguera fue aumentando bajo el aire matutino, mientras el sol se elevaba y los hombres dejaban lentamente de mirar al río y eran atraídos por el fuego, torpemente, sin nada que decir, y el sol iluminó sus nucas cuando se inclinaron.

Granger desdobló una lona en cuyo interior había algo de tocino.

—Comeremos un bocado. Después, daremos media vuelta y nos dirigiremos corriente arriba. Tal vez nos necesiten por allí.

Alguien sacó una pequeña sartén, y el tocino fue á parar a su interior, y empezó a tostarse sobre la hoguera. Al cabo de un momento, el aroma del tocino impregnaba el aire matutino. Los hombres observaban el ritual en silencio.

Granger miró la hoguera.

—Fénix.

—¿Qué?

—-Hubo un pajarraco llamado Fénix, mucho antes de Cristo. Cada pocos siglos encendía una hoguera y se quemaba en ella. Debía de ser primo hermano del Hombre. Pero, cada vez que se quemaba, resurgía de las cenizas, conseguía renacer. Y parece que nosotros hacemos lo mismo, una y otra vez, pero tenemos algo que el Fénix no tenía. Sabemos la maldita estupidez que acabamos de cometer. Conocemos todas las tonterías que hemos cometido durante un millar de años, y en tanto que recordemos esto y lo conservemos donde podamos verlo, algún día dejaremos de levantar esas malditas piras funerarias y a arrojarnos sobre ellas. Cada generación, habrá más gente que recuerde.

Granger sacó la sartén del fuego, dejó que el tocino se enfriara, y se lo comieron lenta, pensativamente.

—Ahora, vámonos río arriba —dijo George—. Y tengamos presente una cosa: no somos importantes. No somos nada. Algún día, la carga que llevamos con nosotros puede ayudar a alguien. Pero incluso cuando teníamos los libros en la mano, mucho tiempo atrás, no utilizamos lo que sacábamos de ellos. Proseguimos impertérritos insultando a los muertos. Proseguimos escupiendo sobre las tumbas de todos los pobres que habían muerto antes que nosotros. Durante la próxima semana, el próximo mes y el próximo año vamos a conocer a mucha gente solitaria. Y cuando nos pregunten lo que hacemos, podemos decir: «Estamos recordando.» Ahí es donde venceremos a la larga. Y, algún día, recordaremos tanto, que construiremos la mayor pala mecánica de la Historia, con la que excavaremos la sepultura mayor de todos los tiempos, donde meteremos la guerra y la enterraremos. Vamos, ahora. Ante todo, deberemos construir una fábrica de espejos, y durante el próximo año, sólo fabricaremos espejos y nos miraremos prolongadamente en ellos.

Terminaron de comer y apagaron el fuego. El día empezaba a brillar a su alrededor, como si a una lámpara rosada se le diera más mecha.

En los árboles, los pájaros que habían huido regresaban y proseguían su vida.

Montag empezó a andar, y, al cabo de un momento, se dio cuenta de que los demás le seguían, en dirección Norte. Quedó sorprendido y se hizo a un lado, para dejar que Granger pasara; pero Granger le miró y, con un ademán, le pidió que prosiguiera. Montag continuó andando. Miró el río, el cielo y las vías oxidadas que se adentraban hacia donde estaban las granjas, donde los graneros estaban llenos de heno, donde una serie de personas habían llegado por la noche, fugitivas de la ciudad.

Más tarde, al cabo de uno o de seis meses, y no menos de un año, Montag volvería a andar por allí solo, y seguiría andando hasta que alcanzara a la gente.

Pero, ahora, le esperaba una larga caminata hasta el mediodía y si los hombres guardaban silencio era porque había que pensar en todo, y mucho que recordar. Quizá más avanzada la mañana, cuando el sol estuviese alto y les hubiese calentado, empezarían a hablar, o sólo a decir las cosas que recordaban, para estar seguros de que seguían allí, para estar completamente ciertos de que aquellas cosas estaban seguras en su interior. Montag sintió el leve cosquilleo de las palabras, su lenta ebullición. Y cuando le llegara el turno, ¿qué podría decir, que podría ofrecer en un día como aquél, para hacer el viaje algo más sencillo? Hay un tiempo para todo. Sí. Una época para derrumbarse, una época para construir. Sí. Una hora para guardar silencio y otra para hablar. Sí, todo. Pero, algo más. ¿Qué más? Algo, algo...

Y, a cada lado del río, había un árbol de la vida, con doce clases distintas de frutas, y cada mes entregaban su cosecha; y las hojas de los árboles servían para curar a las naciones.

«Sí —pensó Montag—, eso es lo que guardaré para mediodía. Para mediodía...»

«Cuando alcancemos la ciudad.»

FIN

Índice

Fahrenheit 451, de Ray Bradbury
se imprimió el mes de marzo del 2005 en
Litográfica Ingramex, S.A. de C.V.
Centeno 162-1, Col. Granjas Esmeralda,
México, D.F.

CALIDAD
ISO 9000
CERTIFICADA

Certificado No. 02-2082